풀꽃과 놀다

풀꽃과 놀다

초판 1쇄 발행 2010년 9월 6일
초판 4쇄 발행 2018년 4월 26일

지은이 나태주

펴낸이 김선기
펴낸곳 (주)푸른길
출판등록 1996년 4월 12일 제16-1292호
주소 (08377) 서울특별시 구로구 디지털로 33길 48 대륭포스트타워 7차 1008호
전화 02-523-2907
팩스 02-523-2951
이메일 purungilbook@naver.com
홈페이지 www.purungil.co.kr

ISBN 978-89-6291-140-4 03810

풀꽃과 놀다

나태주 쓰고 그리다

푸른길

풀꽃들에게 감사를…

나는 화가도 아니고 식물학자도 아닙니다.
다만 풀꽃을 좋아하는 시골의 한 시인일 뿐입니다.
어려서부터 풀꽃에 관심이 많았을 뿐더러, 어른이 되어서도
풀꽃에 대한 시를 많이 썼고, 또 풀꽃 그림 그리기를 좋아했습니다.
실상 풀꽃은 나에게 많은 도움을 주어 왔습니다.
살아오면서 그동안 풀꽃으로부터 얼마나 많은 도움을
받았는지 모릅니다.

풀꽃이야말로 내가 가장 좋아하는 단어 가운데 하나입니다.
당장이라도 좋아하는 낱말을 대라면 시, 외할머니, 사랑, 어머니,
나무, 강물, 초가집, 그런 낱말들과 함께 풀꽃이란 말을 댈 것입니다.
돌이켜 보면 풀꽃을 바라보고 있을 때, 풀꽃 그림을 그릴 때가
가장 편안하고 고요하고 따뜻하고 행복한 시간이었습니다.
어떤 의미에서 풀꽃은 나에게 늘 고마운 존재였습니다.
외롭고 쓸쓸할 때, 지쳐 있을 때, 쓰러져 있을 때,

끊임없이 풀꽃은 내 곁에서 숨을 쉬고 있었고
나더러 일어나라고, 잘해 보라고, 용기를 잃지 말라고
위로의 말을 들려 주고 있었습니다.

풀꽃이야말로 진정한 나의 친구이고 이웃입니다.
풀꽃들에게 감사를 하는 이유가 여기에 있습니다.

나태주

풀꽃과 놀다
| 차 례 |

1 부 꽃 이야기를 하자

2부 자세히 보아야 예쁘다

3부 오래 보아야 사랑스럽다

4부 너도 그렇다

1부

꽃 이야기를 하자

풀꽃. 사람들이 제멋대로 부르는 말이다. 그러나 알고 보면 아무리 흔한 풀꽃이라도 제각기 이름이 있다. 오랜 세월 인간들 곁에서 부대끼며 살아온 덕으로 얻어 낸 이름이다. 풀꽃 이름 속에는 인간의 삶과 꿈이 고스란히 투영되어 있다. 조그만 소리로 한번 풀꽃 이름을 외워 보라. 우리 자신이 풀꽃이 되고 풀꽃의 마음이 되는 걸 느낄 수 있을 것이다.

풀꽃이 나를 살렸다

풀꽃이 나를 살렸다. 한 번이 아니라 두 번을 살렸다. 들판에 쓰러졌을 때 살렸고 병원에 엎어졌을 때 다시 살렸다. 아니다, 거푸거푸 살렸다. 오늘도 살리고 내일도 살릴 것이다.

풀꽃은 내가 세상에 실패했을 때 손을 잡아 일으켜 주는 좋은 이웃. 사람들한테 따돌림 당했을 때 결코 모른다 고개를 돌리지 않는 좋은 친구.

나 여기 있어요. 나 좀 보아요. 감고 있는 눈을 뜨게 해 주고, 막고 있는 귀를 열게 해 준다.

누이야, 어리고 어린 딸들아, 너희들 오래 거기 있거라. 나도 여기 이렇게 마주 있으마.

꽃 이야기를 하자

이 세상에 아름다운 것으로 무엇이 있을까? 사람마다 다른 대답이 나올 것이다. 이 세상에 아름다운 말들로는 또 어떤 것이 있을까? 그 또한 사람마다 다른 대답이 떠오를 것이다.

그러나 나는 그 어떤 말보다도 꽃이란 말이 가장 아름답다고 생각한다. 그건 어쩌면 나만 그런 것이 아니라, 이 세상 많은 다른 사람들도 그럴 거라고 생각한다.

실은 꽃은 식물의 성기性器이다. 그런데도 사람들은 꽃을 징그럽다고 여기지 않는다. 오히려 아름답다고 여긴다. 그건 오늘날만 그런 것이 아니라 인류 역사 이래 그래 왔다. 그래서 꽃은 아름다운 것이란 인식이 있어 왔고 아름다움의 대명사처럼 되었다.

사람들은 또 예쁜 것, 특별한 것이 있으면 그것을 꽃이라고 부르기를 좋아한다. 꽃은 이미 하나의 인식 체계가 되었고, 비유의 방편이 되었다.

정말로 이 세상에 꽃보다 더 아름다운 것이 있을까? 꽃보다 더 귀

엽고 사랑스런 것이 있을까? 아직은 모르겠다. 꽃은 그 아름다움으
로 하여 사람의 마음을 움직인다. 아무리 마음이 모질고 덤덤한 사
람이라도 꽃을 보고 있으면 마음이 부드러워지고 따뜻해진다. 조금
은 착한 마음으로 바뀌기도 된다. 그만큼 꽃들의 힘은 세다.

풀꽃 세상

　스스로가 인생의 실패자, 낙오자라 여겨지는 사람이 있다면 그에게 허리를 구부려 발밑에 깔려 있는 풀꽃들을 한번 찬찬히 들여다보라고 말해 주고 싶다. 사는 일이 정말이지 답답하고 따분하고 지겨운 사람이 있다면 그에게도 역시 풀꽃들을 만나 보라고 일러 주고 싶다. 자기 인생이 너무나 초라하고 조그마하다고 여겨지는 사람이 있다면 그에게는 종이와 연필을 준비해 서투른 솜씨로라도 좋으니 풀꽃을 한번 그려 보라고 권하고 싶다.

　천천히 아주 천천히 편안한 마음이 돌아올 것이다. 자기도 제법 쓸모 있는 사람이라는 생각이 떠오를 것이다. 살고 싶은 의욕이 생길 것이다. 자기가 가진 것도 점점 커 보이기 시작하면서 자신의 인생도 결코 실패한 것이 아니요 낙오한 것도 아니란 것을 깨닫게 될 것이다. 초라하지도 않다는 것을 알게 될 것이다.

　풀꽃들을 보고 있을 때 우리는 한없이 겸허한 사람이 된다. 충분히 낮아지고 부드러워지는 마음의 소유자가 된다. 꽤나 쓸모 있는 인간이 되고 긍정적인 사람이 된다. 풀꽃은 그렇게 우리에게 희망을 준다. 화평을 준다. 이 얼마나 고맙고 고귀한 존재인가.

　가끔은 우리 자신이 풀꽃이 될 필요도 있다. 풀꽃의 친구가 될 필요가 있다. 그대 부디 지금, 인생한테 휴가를 얻어 들판에서 즐겁게 풀꽃과 놀고 있는 중이라고 한번 생각해 보시라. 마음이 편안해질 것이다. 그대의 인생이 아름다운 인생으로 바뀌게 될 것이다.

꽃을 소재로 한 시

　우리가 알고 있는 시 가운데 꽃을 소재로 쓰여진 시들은 많다. 그 중에서도 나는 두 편의 시에 유독 주목한다.

오랑캐 땅엔 꽃나무가 없어	胡地無花草
봄이 와도 봄 같지 않아요.	春來不似春
입었던 옷 날이 갈수록 헐렁해지니	自然衣帶緩
일부러 허리를 가늘게 해 그런 게 아니랍니다.	非是爲腰身

　이것은 중국 당나라 때의 측천무후 시절, 동방규란 시인의 「왕소군王昭君」이란 시이다. 전하는 말에 의하면 왕소군은 한나라 원제元帝의 후궁이었으나 흉노匈奴와의 화친을 위해 그 우두머리에게 시집보내어진 비극의 여인이다. 따뜻하고 자연이 순후한 남쪽 땅, 호화로운 고국의 궁궐에서 비단옷 입고 살던 왕소군으로서는, 북쪽 땅 메마르고 먼지바람 날리고 날씨도 사납고 거친 땅에서 사는 날들이 고통

그 자체였을 것이다.

　이러한 옛날의 일들을 애달피 여겨 뒷날의 시인인 이백이 왕소군의 마음이 되어 쓴 시가 바로 위의 시이다. 꽃을 소재로 하여 썼으면서도 인간인 왕소군이 또 하나 다른 꽃으로 떠오르도록 쓴 시이다. 특히 두 번째 줄의 '춘래불사춘'이라는 시구는 오늘날에도 많은 풍류객들에 의해 하나의 경구처럼 쓰여지는 대목이기도 하다.

　그 다음으로 들고 싶은 시는 우리나라의 김춘수 시인이 쓴 「꽃」이란 시이다. 아마도 젊은 시절이었을 것이다. 어떤 자리에선가 시인에게 "선생님의 시 가운데 「꽃」이란 시가 대표작이시지요?"라고 말을 건 일이 있었다. 그랬더니 시인은 얼굴이 벌개지면서 화를 내는 것이었다. 참 알다가도 모를 일이구나 했던 생각은 지금도 마찬가지이다.

　그리고 또 하나 의문이 가는 것은 시의 맨 끝 연의 단어 하나를 시인 스스로 바꾼 일이다.

우리들은 모두
무엇이 되고 싶다.
나는 너에게 너는 나에게
잊혀지지 않는
하나의 눈짓이 되고 싶다.

이것은 시의 마지막 연인데, 여기에서 '눈짓'이란 단어는 처음엔 '의미'로 되어 있었다. 그런데 시인이 그것을 고친 것이다. 왜 그랬을까? 그건 시인만이 아는 비밀이지만 독자의 입장에서는 고친 말보다는 고치기 이전의 시어가 더 좋다는 생각이다. 그야말로 '의미 있다'고 여겨진다. 그래서 그런지 이 시는 오늘날, 두 가지 시어가 함께 통용되고 있다.

풀꽃 그림

교장이 되어서 두 번째로 근무하던 학교인 공주 상서초등학교는 아이들이 100명 조금 넘는 학교였다. 그래서 전교생의 아이들 이름을 모두 외울 수 있었고 더러는 직접 수업을 할 수도 있었다. 정과 시간의 수업은 어려웠고 주로 특기 적성 수업 시간에 글쓰기를 가르쳤다. 마땅한 교실이 없어 교장실 의자에 둘러앉아서 공부했다. 책을 읽어 주기도 하고 옛날이야기를 들려주기도 했다.

마침 교장실 옆이 컴퓨터실이어서 글이 써지면 아이들한테 학교 홈페이지에 글을 올리게 하고 교장실 컴퓨터로 글을 확인하는 식으로 공부를 했다. 그러나 아이들은 매시간 글 쓰는 것을 힘들어했고 내가 들려주는 옛날이야기도 시들하게 여겼다. 그런 날이면 가끔 나는 아이들을 데리고 교실 밖으로 나가 운동장이며 화단의 꽃을 그리자고 제안했다. 우선 연필과 지우개를 준비하게 하고 복사지 한 장씩 나누어 주고 함께 풀꽃 그림을 그리도록 했다. 학교 운동장이며 화단의 풀밭에는 아주 많은 종류의 풀꽃들이 피어 있었던 것이다.

처음 아이들은 어떻게 풀꽃 그림을 그리느냐고 힘들어했다. 그런 아이들을 위해 나는 우선 여러 개의 풀꽃 가운데 자기 마음에 드는 풀꽃 하나를 고르라고 일러 준다. 그리고는 그 풀꽃을 오랫동안 바라보고 있으라고 일러 준다. 이건 사실 하나의 명상의 방법이기도 하고 자기 응시 내지는 침잠의 과정이기도 하다. 이런 공부를 통해 깊어지는 마음과 사려 깊은 인간미를 가질 수도 있는 일이겠다.

　그렇게 풀꽃 그림을 여러 차례 그리고 나면 아이들은 심정적인 변화를 일으키도록 되어 있다. 그래서 아이들은 말하기도 한다. 우리 학교 풀밭에 이렇게도 많은 풀꽃이 피어 있는 줄 몰랐어요. 풀꽃들이 아주 예뻐요. 풀꽃을 밟을까 봐 풀밭을 함부로 밟기가 어려워요. 첫째는 사물의 발견에 대한 것이고, 둘째는 심미성이고, 셋째는 생명 존중에 대한 생각이라 하겠다.

잡초

잡초란 식물 가운데 나무나 곡식, 사람이 기르는 화초를 제외한 풀들을 이름하는 말이다. 우리 시골말로 표현한다면 '허틈사리풀'을 말한다. 그래서 더러는 잡초라는 말은 천한 것, 막된 것, 함부로 대할 것들을 대신해서 표현해 주는 비유 체계가 되기도 한다. 예를 들면 잡초 인생이라든가, 잡초 같은 생활이라든가 그런 말들이 그렇다.

그러나 잡초는 끈질긴 생명력이라든지 강한 그 무엇을 내포하는 말이기도 하다. 어쨌든 잡초는 우리 주변에 아주 많이 널려 있는 불특정 다수의 이름 없는 많은 풀들을 가리킨다. 뽑아도 뽑아도 다시 돋아나는 풀. 조건만 맞으면 어느 곳이든 마다하지 않고 뿌리내려 자라나는 풀. 어찌 보면 잡초는 고마운 존재인지도 모른다. 인간이 일부러 가꾸지 않아도 저절로 나서 자라 이 땅을 푸르게 만들어 주는 잡초야말로 지구를 아름답게 지키고 가꾸는 파수꾼이요, 가장 부지런한 생명의 일꾼이라 할지 모르겠다.

잡초는 정말 대단한 힘을 가졌다. 돌이나 시멘트로 만든 계단의 틈서리라든지 아파트나 다리나 그 어떤 건물의 갈라진 곳, 아스팔트 틈서리, 심지어는 기와지붕 기왓장 사이를 비집고서도 뿌리내려 자라는 것이 잡초가 아닌가.

꽃밭에 난 강아지풀이나 쇠비름풀이나 달개비 등은 마땅히 잡초다. 그런데 가끔 곡식밭에 난 코스모스나 분꽃이나 봉숭아꽃이나 채송화 한두 송이를 볼 때가 있다. 풀밭 가운데 그런 화초들이 홀로 나 있는 걸 보기도 한다. 이런 때는 무엇을 과연 잡초라 할 것인가? 그렇다. 잡초 밭에 화초가 나면 화초가 바로 잡초가 되는 것이다. 세상의 일이란 이렇게 거꾸로 되는 때가 종종 있다는 걸 생각해 보면 재미가 있다.

풀꽃한테 물어 보아라

풀꽃 그림을 그리면서 새롭게 생각한 것들이 많다. 그것은 '풀꽃의 모양은 풀꽃한테 물어라' 하는 것이다. 처음 풀꽃 그림을 그릴 때 사람들은 자기 마음대로 풀꽃 그림을 그리려고 한다. 그것은 나도 역시 마찬가지였다. 도대체가 잘 그려지지 않는다. 마음먹은 대로 연필이 움직여 주지 않는다. '하, 풀꽃 그림 그리기가 이렇게 어렵나', 그런 생각을 갖게 된다.

실은 이건 내 마음속에 풀꽃의 형태에 대한 한 개념(형식, 틀, 일반화된 그 무엇, 형상)이 들어 있어서 그렇다. 분명히 이를 부수는 과정이 필요하다. 그렇지 않고서는 풀꽃의 진짜 모습에 도달하기가 어렵다. 이미 내 마음속에 들어와 있는 풀꽃의 형상을 버려야 한다. 가능한 대로 송두리째 버려야 한다. 그리고 난 뒤 풀꽃한테 항복을 해야만 한다. 그래, 이제 나는 어쩔 수 없다. 두 손 다 털었다. 어쩔래! 너 하고 싶은 대로 해 봐. 두 손을 번쩍 들어야만 한다. 그러면 풀꽃의 형상이 조금씩 다가오기 시작한다. 풀꽃이 조금씩 도와주기 시작한다.

"아저씨 나 좀 보세요. 나는 이렇게 생겼어요. 아저씨가 생각했던 그대로가 아니에요. 이렇게 이렇게 따라와 보세요. 그러면 쉬울 거예요." 여기에서 비로소 '풀꽃 모양은 풀꽃한테 물어보아라' 하는 명제가 성립됨을 깨닫게 된다. 실상 풀꽃에겐 정형화된 그 무엇, 일반화된 형상, 개념이 있을 수 없다. 모든 풀꽃은 완전히 유일하고 별개인 개체로만 존재한다. 그 어떤 것도 같은 것은 없다. 다만 비슷한 것이 있을 뿐이다. 이런 데서도 우리는 하나의 생명에 대한 교훈을 만나게 된다.

풀꽃 그림을 그리면서 의외로 장미꽃이나 튤립과 같은 서양 꽃들을 그리기가 쉽지 않다는 것을 알게 된다. 그에 비해 우리의 토종 꽃들은 비교적 아기자기한 모습이 쉽게 다가옴을 알게 된다. 어쩌면 이것은 우리 몸 안에 들어 있는 DNA의 영향 탓이 아닌가 싶기도 하다. 부지불식간에 우리의 조상들이 풀꽃과 더불어 어울리며 살아온 그 많은 세월이 우리에게 자연스럽게 전이되어서 그런 게 아닌가 싶기도 하다.

그다음으로 연약하고 아름답게만 보이던 풀꽃의 모양이 예상 밖으로 억세고 매섭게 생겼다는 것을 알게 되는 것도 풀꽃 그림을 통해서이다. 특히, 애기똥풀꽃이나 분꽃은 평소의 생각과는 달리 그 선의 흐름이 매우 까다롭고 매섭게 생겼다는 것을 알게도 된다.

마이크로 세상

　사람이 세상을 바라보는 눈길에는 두 가지가 있을 수 있겠다. 매크로 세상과 마이크로 세상이 그것이다. 매크로 세상은 대부분의 사람들이 그러하듯 대충대충 보면서 휩쓸려 사는 세상을 말한다. 덤벙덤벙 세상을 살아가는 방법이다. 그에 비하여 마이크로 세상은 가까운 것, 작은 것들을 자세히 바라보며 사는 세상을 말한다. 그런 사람들은 자주 작은 것에 눈길을 주고 작은 것의 떨림을 결코 소홀히 하지 않는다. 정성을 가지고 보는 세상이고 자세히 꼼꼼히 보는 세상이고 차라리 확대경으로 살피는 세상이다. 정말로 세상을 사는 진미가 있다. 그러나 매크로 세상을 사는 사람들은 자칫 그런 진미를 놓친다.

　그러면 마이크로 세상은 언제 열리나? 먼 하늘 너머 저쪽을 바라보던 눈길을 거두어 자기의 발밑을 바라볼 때 열린다. 오만 가지 그리움과 안타까움을 졸업한 마음일 때 가능해진다. 순수한 가슴과 맑은 눈빛을 잃지 않았던 어린 시절에 잠시 열리고, 적어도 나이로 쳐서도 중년의 고비를 넘어서 지구를 한 바퀴 돌아오듯 이 세상의 온

갖 비바람을 견디고 난 사람에게 열린다. 당할 만큼의 절망과 슬픔과 좌절, 말하자면 인생의 고락을 맛본 사람에게만 허락되는 비밀한 세계인 것이다.

오늘날 누구나 살아가는 세상은 뜬구름의 세상이다. 그 뜬구름의 세상에서 돌아와 비로소 자기 발아래에 눈길을 주었을 때 그곳에 정말로 소중한 한 세상이 있었음을 알게 된다. 그야말로 그것은 이미 자기에게 있었던 것에 대한 확인인 동시에 새로운 관심과 발견과 감사의 세계이다.

그렇다고 누구에게나 그 나이만 되면 그런 세계가 절로 열리는 것은 아니라고 본다. 그것은 가난한 마음을 가진 사람에게만 가능하다. 가난한 마음이란 어떤 마음인가? 사소한 것, 초라한 것, 낡은 것, 옛것, 가까운 것, 잊혀진 것들을 함부로 하지 않는 마음이다. 소중히 여기는 마음이다. 또한 그것은 순정한 마음을 가진 사람에게만 가능하다. 순정한 마음이란 또 어떤 마음인가? 순수하면서도 다정함을 잃지 않는 마음이다. 그가 겸허한 마음의 사람일 때 더욱 그런 세계는 쉽게 허락되기도 한다.

마이크로 세상이 열리면 갑자기 작은 것들이 크게 보이고 무의미한 것들이 소중한 의미를 갖고 다가오기 시작한다. 아름다운 세상이 된다. 일종의 개안開眼인 셈이다. 이런 때 답답한 생각이 든다. 내가 아는 아름다운 세상을 왜 다른 사람들은 모를까 싶은 생각이 그것이다. 그것은 또 세상을 새로이 아는 것과 같다. 그것은 실로 종교인이

천국이나 극락세계를 믿는 것(믿음)과도 비슷하다.

그러고 보면 마이크로 세상이 아무에게나 열리는 것이 아니란 것은 당연한 귀결인지 모르겠다. 이럴 양이면 마이크로 세상은 그 자체로서 훌륭하고 아름답고 가득한 세계라 말할 수 있겠다.

미루지 말라

　살기가 힘들 때 풀꽃을 바라보면 삶의 용기가 생긴다. 무언가 답답한 일, 속상한 일이 있을 때 한동안 풀꽃 앞에 서 있으면 많은 위로를 받는다. "아저씨 무얼 그러세요. 무얼 그까짓 일을 가지고 속상해하고 그러세요. 나 좀 보세요. 나는 이렇게 조그맣고 보잘것없어도 잘 견디며 살고 있잖아요. 이렇게 깜냥대로 예쁜 꽃도 피우며 기쁘게 살고 있잖아요."

　풀꽃은 진정한 우리의 이웃이다. 참된 마음의 친구이다. 이러한 풀꽃과 사귀는 데 있어서 알아야 할 하나의 원칙이 있다. 그것은 모든 일을 다음 순간으로 미루어서는 안 된다는 것이다. 언제든 생각나면 바로 그 순간에 찾아가 풀꽃을 보아야 하고 언제든 만났을 때 제대로 보아야 한다는 것이다. 그림으로 그리고 싶으면 당장 그림으로 그려야 하고 그럴 수도 없을 때에는 사진이라도 한 장 찍어 두어야 한다는 것이다.

　다음에 다시 와 보면 되겠지, 내일에도 이 자리에 이대로 있겠지,

이런 생각은 금물이다. 조금이라도 미루었다가 다시 와 보았을 때 당신은 그 풀꽃을 만나기 어려울 것이다. 풀꽃은 필경 사라진 뒤이기 십상이다. 정말로 풀꽃은 우리에게 시간의 소중성所重性을 가르쳐 주는 좋은 선생님이다. 순간순간의 삶을 아름답게 진지하게 살아야겠다는 각성을 주는 좋은 메시지를 준비하고 있다.

"오늘의 일을 절대로 내일로 미루지 마십시오. 내일은 없는 것입니다. 내일을 믿지 마십시오. 내일은 결코 당신의 시간이 아닙니다. 있다면 지금 이 순간순간이 있을 따름입니다. 부디 이 순간순간을 열심히 사십시오." 풀꽃이 소리 없이 들려주는 속삭임이다.

글로벌 풀꽃 세상

풀꽃 가운데에는 토종 풀꽃이 있고 외래종 풀꽃이 있다. 주변에 널린 민들레만 해도 목이 비교적 길고 꽃 빛깔이 맑고 청초해 보이는 것은 토종이고, 좀 게걸스럽다 싶은 인상이고 육감적으로 보이는 민들레는 서양종이다. 토종 민들레는 보통 봄 한철 잠깐 살다가 시드는데 반해, 서양 민들레는 사철을 두고 꽃을 피운다. 비교적 우리 것에 비하여 서양 것들은 꽃송이가 크고 번식력이 강하다. 그래서 우리 것들의 자리를 침범해 자기 것으로 만들기 십상이다.

그것은 민들레만 그런 것이 아니라 미국자리공이나 미국쑥부쟁이도 마찬가지다. 개망초도 그렇다. 여기서 짐짓 서양 것들, 미국이란 말이 붙어 있는 풀꽃들을 우리 것이 아니라 해서 미워하고 내박칠수도 있겠다. 그러나 생각을 잠시 돌려 정말로 우리 것이 무엇인가에 대해서 생각하게 되면 마음은 조금쯤 누그러질 수 있다.

애당초 우리 것이란 없었다. 오랜 세월 어울려 살다 보니 우리의 풀꽃이 되어 버린 것이다. 가령 파초나 골담초骨擔草 혹은 金雀花, 모란이나 연꽃만 해도 처음엔 외국의 것이었으나 중국을 통해 우리나라로 들어와 오늘날 우리 것처럼 된 식물들이다. 그것은 우리가 즐겨 먹는 과일이나 채소들의 경우도 마찬가지다. 우리나라 사람들은 고추를 좋아한다. 그래서 매운맛은 우리의 고유한 맛이고 고추야말로 우리 것이라고 얼핏 간과하기 쉽다. 그러나 기실에 있어서는 그렇지 않다. 고추는 애당초 우리 것이 아니었고 남아메리카가 원산이었다. 흔히 우리가 한해살이풀로 알고 있는 고추가 열대지방에서는 여러해살이풀이란 것을 아는 사람은 그다지 많지 않을 것이다.

흔하지 않은 경우지만 '썸머 라일락'이란 별칭을 가진 '부들레야'란 식물도 자생지인 유럽에서는 나무로 자란다 한다. 그런데 우리나라에서는 마치 일년생 식물처럼 자라고 있는 걸 지난번 청양의 '고운식물원'이란 곳에 가서 보고 처음 알았던 바다. 아예 코스모스나 라일락, 달리아, 샐비어, 클로버 같은 식물은 이름조차 아직 외국 이름 그대로이다.

이쯤에서 우리는 다른 나라에서 들어온 풀꽃들에 대한 생각을 달리해야만 하지 않을까 싶다. 어떤 의미에서 그런 풀꽃들은 외래종 식물이 아니라 귀화식물로 보아야 하지 않을까 한다. 우리의 땅이 좋아서 우리와 함께 살러 온 손님들이라는 말이다.

지금까지 우리는 우리 민족이 백의민족이요 배달민족이요 단일민족이라고 자랑스럽게 이야기하며 아이들에게 가르치면서 살아왔다. 그러나 다문화 가정이 늘어나고 문화나 경제가 글로벌화 쪽으로 기울고 있는 오늘날에 와서는 사정이 많이 달라졌다. 끝까지 그러한 기존의 생각에만 매달려 있을 수는 없게 되었다. 나름대로 가치관의 수정이 있어야 한다고 본다. 이러한 생각이나 입장 변화는 풀꽃에 대해서도 마찬가지라 할 것이다. 이제는 풀꽃을 이야기하는 데에도 글로벌화된 시각이 전제되지 않을까 하는 생각이 든다.

풀꽃 이름

　보통, 사람하고도 통성명하고 나면 친한 마음이 들고 가까운 마음
이 들고 정다운 마음이 드는 것처럼, 풀꽃들도 그 이름을 알고 나면
가깝게 느껴지고 친하게 느껴진다. 머릿속에 분명하게 각인이 된다.
기억에 남는다. 다른 풀꽃들과 구별이 된다.
　풀꽃의 이름을 안다는 것은 그 풀꽃과 가까워지는 지름길이고 친
해지는 지름길이다. 그리하여 익명의 풀꽃, 단순한 풀꽃은 어둠의
강물을 건너 우리 가까운 이웃이 되고 드디어 친구가 된다. 그러므
로 풀꽃의 이름을 알고 풀꽃의 이름을 불러 줄 필요가 있다. 한번 소
리 내어 풀꽃의 이름을 불러 보라. 얼마나 정겨운 느낌이 드는가.
　가슴이 따뜻해짐을 대번에 느낄 것이다. '꼭두서니, 패랭이, 노인
장대, 개나리, 닭의장풀, 며느리밥풀꽃, 애기똥풀, 바람꽃, 엘러지,
할미꽃'. 한도 없이 끝도 없이 정다운 이름들이 쏟아져 나올 것이
다. 풀꽃 이름은 저들의 모양이나 꽃 빛깔과 많이 닮아 있다. 가히
의성어, 의태어의 수준이다. 그러나 더 많이는 인간의 삶과 연결되

어 있다.

　풀꽃 이름을 안다는 것은 좋은 것이고 유익한 것이다. 풀꽃 이름을 부르는 일은 아름다운 일이고 정다운 일이다. 그것은 모국어를 사랑하는 일이고 또 나라를 사랑하는 일이기도 하다. 지금이라도 마음을 모아 나직한 목소리로 풀꽃 이름을 불러 보시라. 풀꽃 이름은 당신에게 아름다운 세상, 긍정적인 세상, 보다 밝고 환한 세상을 약속해 줄 것이다.

2부

자세히 보아야 예쁘다

이 세상 생명체 가운데 안 이쁜 것은 하나도 없다. 그 어떤 것이라 해도 자세히 보기만 하면 이쁜 구석이 한 군데는 꼭 있게 마련. 하기는 어여쁨이야말로 지극히 주관적이고 가변적인 가치. 오죽했으면 제 눈에 안경이란 말이 다 생겨났을까? 한 세상 살면서 무엇이든 자세히 볼 줄 아는 능력을 지닌 사람은 마음의 능력 하나를 더 선물 받은 사람이라 할 것이다.

민들레 •1

그 격려와 용기를 잊지 못한다.

나와 풀꽃과의 관계를 밝히려면 꽤나 시계를 뒤로 돌려, 멀리 교직 생활의 한 시절로 돌아가야만 한다. 그것은 1990년대 중반. 나이로 쳐서는 50대 초반. 당시 나는 충남 논산의 한 궁벽진 시골 초등학교 교감으로 근무하고 있었다. 살고 있는 공주의 집과도 제법 떨어진 학교였다.

본래는 충남교원연수원이란 곳에서 전문직(장학사)으로 5년 동안 근무했었는데 아무래도 그 일이 나한테 맞지 않는 옷만 같아서 일선 학교를 찾아서 간 것이 그 학교였다. 실은 교장으로 승진해서 나갔어야만 될 일이었다. 그러나 다시 교감으로 일선 학교로 복귀하게 된 것이었다. 그것이 나에게는 커다란 불만이었고 상실감과 굴욕감을 주었다. 일반적으로 보아도 그것은 좌천이나 다름없는 인사 조치였다.

오늘날 와서는 뭐 그런 것을 가지고 그랬을까 싶도록 우습게 여겨지는 대목이기도 하지만, 그 시절의 나로서는 어쩔 수 없었다. 견디기 힘든 날들이었다. 그것은 과거 지나온 나의 날들 가운데 가장 견디기 힘들고 어려웠던 삶의 고비들 가운데 하나였다.

그래서 나는 몇 가지 나름대로 생활의 원칙을 세웠다. 첫째, 지금까지 내가 살아온 것처럼은 살지 않는다. 둘째, 신문이나 잡지에 산문을 쓰지 않는다. 셋째, 문학 모임이나 사회단체 행사 등에 나가지 않는다. 말하자면 직장 생활을 제외하고는 두문불출의 선언이었다. 삶의 형식을 단순화하기로 했다. 멀리 보던 눈길을 거두고 가까운 곳을 보기로 했다. 다른 사람들에 대한 관심을 나에 대한 관심으로 돌리고자 했다. 외명外明한 사람이기보다는 내명內明한 사람이기를 소망했다.

그렇게 1년쯤 보냈을까. 조금씩 눈가에 낀 핏발이 거치기 시작했다. 마음속에 이글대던 불평과 불만, 나아가 오기와 증오의 거품이 사그라들기 시작했다.

천천히 마음의 평온이 찾아오고 있었다. 새로 찾아간 학교에도 정이 들고 아이들 이름이며 얼굴도 많이 낯이 익어졌다.

그러던 어느 봄날 오후였을 것이다. 점심밥

을 먹고 교무실에 멍하니 앉아 있는데, 열어 놓은 유리창 사이로 운동장에서 뛰어놀면서 떠드는 아이들의 소리가 마치 바닷가의 파도 소리처럼 쏴아 하니 밀려들어 오고 있었다. 나도 모르게 나는 그 어떤 자력에 끌린 듯 와이셔츠 바람인 채 운동장으로 나아갔다. 운동장 가득 쏟아진 노란 햇빛이 눈에 부셨다. 천천히 걸어서 아이들이 뛰어노는 운동장 속으로 들어갔다. 봄 햇살이 목덜미에 따습고도 부드러운 손을 얹어 주었다.

나의 발길은 버릇처럼 운동장 동쪽에 있는 놀이동산으로 향했다. 그곳에는 여러 가지 동물상들이 있고 벤치가 있어 아이들뿐만 아니라 내가 자주 찾는 구역이기도 했다. 놀이동산으로 가려면 또 축구 골대 앞을 비껴 지나가도록 되어 있었다. 발길이 축구 골대 앞을 지날 때였다.

발밑에 무언가 보였다. 풀꽃이었다. 어라! 이건 민들레꽃이 아닌가! 민들레꽃은 민들레꽃인데 꽃의 꼬라지가 말씀이 아니었다. 축구하는 아이들의 발길에 밟히고 밟혀 민들레의 이파리는 거의 다 뜯겨 나가고 아주 조그만 것 한 장만 남아 있었다. 무척이나 언밸런스하고 가여운 모습이었다. 그런데도 민들레는 아주 소담스런 꽃 한 송이를 피워 올리고 있었다. 마치 그것은 주먹을 불끈 쥐고 있는 것처럼 보였다. 하늘을 향해 "제가 여기 있어요, 나 좀 보아 주세요, 내가 아직도 살아 있어요."라고 외치는 사람만 같았다. 자랑하는 것만 같았다.

아! 나의 입에서는 탄성이 저절로 나왔다. 그렇다. 저 민들레를 한 번 그려 보는 거다. 나는 얼른 교무실로 돌아와 복사지 몇 장과 널따란 책받침 하나, 연필과 지우개를 준비해 운동장 가 축구 골대 앞으로 갔다. 목에는 수건 한 장도 걸쳤다. 뭔가 나 자신이 그럴 듯하다는 생각이 들었다.

　민들레를 향해 쪼그리고 앉아 그 모습을 그리기 시작했다. 잘 그려지지 않았다. 무엇보다 꽃의 선을 찾기가 힘들었다. 선이 자꾸만 미끄러져 도망갔다. 그야말로 그건 서툴고도 졸렬한 그림 그리기였다. 그림을 그리노라니, 민들레꽃이 나더러 이렇게 속삭이는 것 같았다. 그것은 핀잔이기도 했고 격려이기도 했다.

　"아저씨. 뭘 그리 걱정하세요. 뭘 가지고 그렇게 속상해 하세요. 나 좀 보세요. 나도 이렇게 꽃을 피웠잖아요. 봄은 아름다운 거예요. 눈물겨운 거예요. 살아 있다는 건 참 좋은 거예요. 착한 거예요. 자, 이제 그만 일어나세요. 아저씨는 그래 시인이라면서 아직 그런 것도 모르세요?"

　민들레를 그리다 보니 민들레는 커다랗게 피워 올린 꽃송이 아래 막 피워 올리기 시작하는 꽃송이 하나와 또 조그만 꽃송이 하나를 예비하고 있음을 알 수 있었다. 오늘날에 와 나는 그때, 민들레 한 송이가 나에게 준 그 격려와 용기를 잊지 못한다.

광대나물

또 하나 봄의 전령사로서의 풀꽃

왜 풀이름이 광대나물일까? 역시 여기서도 사람들의 오만과 오해의 흔적을 읽을 수 있다. 광대나물은 실지로 '광대' 하고는 전혀 관계가 없는데 사람들이 제멋대로 그렇게 이름을 지어 부르는 것이다. 그렇지만 광대나물을 들여다보고 있노라면 풀의 모양 속에서 광대의 이미지를 어렴풋 떠올릴 수 있다. 그 모양이 꼭 고깔을 삐딱하게 쓴 광대같이 보이기도 한다. 그것도 층층이 여러 겹으로 그렇게 보인다. 잎새와 잎새 사이로 삐죽히 솟아난 조그만 주먹 모양의 붉은 꽃이 또한 광대놀이 하는 어린아이같이 보이는 걸 어쩌랴. 예전이나 지금이나 사람들의 상상력이란 대단하다는 것을 이런 꽃 이름에서도 다시 한 번 확인하게 된다.

아직은 소매 끝에 바람이 시리운 이

른 봄날, 고개 숙이고 골목길이나 돌담장 길을 걸어가다가 문득 돌
틈새기 광대나물이 자라나 두어 송이 볼구데데한 꽃을 피워 올리고
있음을 보게 된다면, 봄이 벌써 우리들 삶의 중심으로 바짝 다가와
있음을 문득 깨닫게 될 것이다. 그렇다! 광대나물은 우리로 하여금
봄이 봄임을 문득 깨닫게 해 주는 또 하나 봄의 전령으로서의 풀꽃
인 것이다.

꽃잔디
분홍색 잉크를 땅바닥에 엎질러 놓은 것 같다.

일찍이 보지 못했던 꽃이다. 최근에서야 알게 된 꽃이다. 분명 외국에서 들여온 꽃일 것이다. 하기야 꽃이란 것은 국적이 그렇게 중요한 것은 아니다.

내가 처음 꽃잔디를 알게 된 것은 1979년 공주로 이사 와 살면서부터다. 공주에 사는 원로 시인의 집 뜨락에 피어 있는 분홍색 꽃들이 너무나 눈부시게 보였다. 그래서 물었더니 꽃잔디라고 알려 주었다. 그래, 그때까지 꽃잔디란 꽃 이름조차 모르고 살았단 말인가? 얼마나 형편없는 촌뜨기인가 하는 것을 한숨 쉬며 생각해 보기도 했던 때가 있었다.

꽃잔디는 많이 볼품없고 조그만 식물이다. 키도 작고 이파리도 작다. 그런데 꽃은 크고 화려하며 꽃의 숫자도 많다. 분홍색이다. 꽃잔디가 꽃을 피울 때는 얼마나 화려한지 모른다. 꽃잔디는 제가 자리 잡은 땅을 온통 제 꽃으로 뒤덮는다. 분홍색 잉크를 땅바닥에 엎질러 놓은 것 같다. 그래서 분홍색 조그만 강물이 흘러가는 것같이 보이기도 한다.

　꽃에는 향기가 좋고 꿀이 많은 모양이다. 그래 얼마나 많은 벌들이 꼬이는지 모른다. 꽃잔디가 피게 되면 꿀벌이란 꿀벌은 모두 모여들어 꽃밭 위에 닝닝거리는 소리 또한 조그만 강물을 이루곤 한다. 공주에 와서 처음 만난 원로 시인 댁 뜨락에서 꽃잔디의 분홍색 강물을 보면서, 그 강물 위에 떠있는 꿀벌들 소리의 강물 소리를 들으면서 황홀해 하던 날이 마치 어제인 듯하다.

황매화

황금빛으로 햇빛 속에 눈부시게 피어 나는 꽃이다.

    내가 사는 공주 지역에서 가장 높게 보이는 산이 계룡산이다. 계룡산에는 동서남북 네 방위에 절이 한 채씩 있다. 동쪽에 동학사, 남쪽에 신원사, 서쪽에 갑사, 동쪽에 구룡사(지금은 터만 있음)가 그것이다. 그 가운데 서쪽의 절인 갑사 경내에는 다른 고장에서 볼 수 없는 꽃이 한 가지 있다. 자생하고 있는 황매화이다.

갑사의 황매화는 인가 근처에서 만나는 그런 겹으로 된 황매화가 아니다. 홑으로 된 꽃이다. 다섯 개의 노란 꽃잎이 원형으로 활짝 펴진 그런 꽃인데 여간 예쁜 것이 아니다. 노란색 가운데서도 아주 노란색이다. 낭창낭창 휘어지는 줄기 끝에 황금빛으로 햇빛 속에 눈부시게 피어나는 꽃이다. 황금의 꽃이라고나 할까.

5월의 초순이나 중순쯤이면 그 황매화가 피어나는데, 황매화꽃이 피면 갑사로 올라가는 길은 온통 이 황금색 꽃잎의 물결에 묻히게 된다. 하나의 장관이다. 그야말로 황금의 꽃방석이라 할까. 크고 작은 나무로 어우러진 수풀이 다 환해지는 느낌이다.

황매화는 살살살 다른 나무 밑을 기면서 자라는 나무다. 줄기를 똑바로 세우는 것도 아니다. 여러 개의 잔가지를 밀어 올려 조그만 덤불을 이루는 나무다. 조금은 연약해 보이는 나무라 그럴까. 겸손해 보이는 나무라 그럴까.

봄이 되면 이 황매화 군락을 보러 일부러 갑사를 찾는 사람들이 있다. 나도 공주에 살고 있지만 봄마다 황매화를 보기 위해 갑사를 찾는 사람 가운데 하나다. 언젠가 공주에 들러 나와 함께 갑사에 갔을 때 시인 민영 선생은 황매화 꽃을 보고 '기생꽃'이라고 말했다. 당신네 고향인 강원도 철원 지방에서는 그렇게 부른다는 것이다. 기생꽃이라? 아닌 게 아니라 어떤 아낙네든 이 꽃을 한 송이 따서 옆머리에 살짝 꽂는다면 어쩌면 옛날의 기생처럼 보이기도 할 것이라는 생각이 들었다.

팬지

종종걸음으로 어딘가 바쁘게 가고 있는 아이들

팬지는 서양 제비꽃이다. 유난히 꽃송이가 크고 화려한 꽃이다. 분명 제비꽃을 닮기는 했지만 이파리나 줄기가 꽃송이에 비해 지나칠 정도로 작다. 자연스럽지 않은 아름다움, 한쪽으로만 강조된 어색한 아름다움이라 하겠다.

주로 화분이나 조그만 화단에 심는다. 바람이 불어 바람에 나부끼게 되면 마치 커다란 나비라도 날아와 날개를 퍼덕이고 있는 것처럼 보인다. 아직은 겨울이 물러가지 않아 쌀쌀한 바람이 거리에 남아 있을 때 이 꽃은 거리를 나돈다. 겨우내 비닐하우스 속에서 자라면서 새봄을 준비해 온 녀석들이다. 팬지꽃이 나돈다는 건 이미 사람들의 세상 깊숙이 봄이 와 있음을 알려 주는 증거다.

팬지꽃을 보면 학교에 다니는 어린 학생들이 떠오른다. 새로운 학교에 들어갔거나 한 학년씩 올라가 새로운 책을 받아 든 아이들의 맑은 이마가 떠오른다. 종종걸음으로 어딘가 바쁘게 가고 있는 아이들. 팬지꽃은 또 그 아이들을 닮은 꽃이기도 하다.

그러나 팬지꽃은 봄이 물러나고 날씨가 따뜻해지기만 하면 슬그머니 시들기 시작하는 꽃이다. 버림받은 아낙네처럼 푸스스한 머리칼로 무너져 내리는 꽃이다. 그래서 여름의 입구쯤, 6월쯤이면 팬지꽃은 아주 자취를 감춰 버린다. 다시금 팬지꽃을 만나려면 적어도 또 한 차례 추운 겨울을 견디고 을씨년스런 봄의 한 시절을 기약해야만 할 것이다.

애기똥풀

얼마나 사랑스럽고 귀여운 풀 이름인가.

무척이나 특별하고도 재미난 이름이다. 웃음이 절로 나오는 이름
이요, 귀엽고도 사랑스런 이름이다. 왜 애기똥풀일까? 이 풀의 줄기
나 이파리를 자르면 거기서 노란색 물(수액)이 나온다. 그 물이 꼭 어
린 아기의 똥 빛깔을 닮았다 해서 풀이름이 애기똥풀이다. 얼마나

사랑스럽고 귀여운 풀이름인가.

애기똥풀에서 피어나는 꽃은 샛노란 꽃이다. 꽃잎은 넉 장. 별로 크지는 않지만 넉 장의 노란색 꽃이 뺑 둘러서서 동그란 모양을 하고 있다. 이 꽃의 이름은 애기똥풀꽃. 또한 매우 사랑스럽고 귀여운 이름이다. 금방이라도 방싯방싯 웃는 애기의 얼굴이 떠오를 것만 같은 꽃이다.

세상의 모든 것들은 아무리 흔하고 천한 것들이라도 그 나름대로 사랑스러움과 귀여움과 존귀함을 지니고 있다. 애기똥풀꽃도 마찬가지다. 이렇게 하찮은 것, 천한 것, 흔한 것들을 통해 귀한 것들의 의미와 느낌을 찾아내는 것도 하나의 귀한 마음이고 삶이 주는 교훈이요 축복일 것이다.

냉이

'냉이' 가 냉이가 아니고 '나숭개' 가 바로 냉이이다.

이른 봄에 찾아오는 풀꽃들은 덩치로 보거나 키로 보거나 모두가 자그마한 것들이다. 다른 풀들의 싹이 나오기 전에 얼른 자라서 꽃을 피우기 위해서이다. 그리고는 또 그 자리를 다른 풀들에게 내주기 위해서이다. 무척 겸손하다는 생각이 든다. 부지런하다는 생각도 든다.

냉이는 이른 봄에 찾아오는 작은 풀꽃 가운데 하나이다. 아이들 노래에도 나오는 그 풀꽃이다. 어느 분이 작사했는지 모르지만 '달래 냉이 씀바귀 모두 캐 오자' 그럴 때, 나오는 바로 그 냉이이다.

냉이는 꽃다지와 생김새가 비슷한데 우선 꽃의 색깔이 다르다. 냉이의 꽃은 하얀색인데 꽃다지는 노란색이다. 그리고 냉이는 뿌리가 굵고 그 몸에서 나는 향이 좋아 봄철의 나물로 사람들로부터 환영받는 풀이다. 맛이 쌉쏘름하다.

나도 어려서 냉이를 나물로 뜯어본 기억이 있다. 그래서 지금도 봄철 시골길을 가다가 냉이꽃을 자주 찾곤 한다. 사람은 그야말로

제 마음속에 꽃이 있어야만 꽃이 보이는 이기적이면서도 한쪽으로
눈먼 존재들이다. 어려서 우리는 냉이를 '나숭게'라고 불렀다. 그래
서 진짜로는 나에게 '냉이'가 냉이가 아니고 '나숭게'가 바로 냉이
이다.

봄맞이 꽃

꽃송이도 특별했지만 이파리나 줄기도 특별했다.

운동장의 축구 골대 앞에 뭉개진 민들레꽃 한 송이를 그리고 나서 나는 부쩍 학교 운동장이나 화단이나 담장 아래 웅크리고 피어 있는 꽃이나 풀들한테 관심이 갔다. 그저 관심을 갖기 시작했다는 이 사실 하나만으로도 그건 나로서는 대단한 변화였다. 말하자면 그것은 발상의 전환이요, 시각의 변화 같은 것이었다. 그것은 또 조그맣고 조용한 발견의 과정이기도 했다.

그동안 나에게 꽃이라고 하면 꽃집이나 화단에 그럴 듯하게 자리한 그런 꽃이었다. 그런데 풀덤불이나 한길 가에 아무렇게나 피어 있는 꽃도 꽃은 꽃이었다. 아, 그렇구나. 마음속에서는 연달아 폭죽 같은 쾌재가 피어올랐다.

며칠 뒤였을 것이다. 역시 봄 햇살 노랗게 운동장 위로 떨어지는 어느 날 오후. 나는 다시 목에 수건을 걸고 복사지와 연필과 지우개를 준비하여 운동장 가를 어슬렁거렸다. 발길이 이번에는 배구장이 있는 쪽으로 향했다. 학교 선생님들이 일주일에 한두 차례씩 친목으

로 배구를 하는 곳이기도 하고, 아이들의 체육 수업을 하는 조그만 운동장이었다. 그런데 배구장의 한 모서리는 배구공이 밖으로 튀어 나가지 않도록 철망으로 담장이 만들어져 있었다.

나는 그 철망으로 만들어진 담장 밑을 살펴보았다. 지난해 가을에 시든 누런 잔디풀 사이 새하얀 것이 보였다. 너무나도 조그만 꽃이었다. 그런데 처음 보는 꽃이었다. 시골 태생으로 그런대로 풀꽃이나 나무를 곧잘 안다고 했던 내가 아닌. 그런데도 그것은 처음으로 보는 꽃이었다. 미안하지만 꽃 한 그루를 뽑아 들었다. 참으로 생김새가 특별했다. 꽃송이도 특별했지만 이파리나 줄기도 특별했다.

그야말로 기하학적 구조라 할까? 중심으로부터 여섯 개의 줄기가 방사선형으로 뻗어 나가고, 그 사이사이에 다시 여섯 개의 이파리가 나고, 뻗어 나간 줄기 끝에 다시 여섯 개의 가는 줄기가 나오고 그 끝에 조그맣고 새하얀 꽃송이가 하나씩 달려 있었다. 꽃송이는 또 어김없이 다섯 잎의 아주 조그만 꽃잎으로 되어 있었다.(나중에 알고 보니 그 풀꽃의 이름은 봄맞이꽃이었다. 그리고 이런 꽃의 형태를 전문 용어로는 '로제트 rosette' 라고 한다.)

햐, 이렇게도 아름답고 앙증맞은 세상이 있다니. 주위를 둘러보니 그런 꽃은 너무나도 많았다. 여기도 저기도! 다시 나는 종이에 그 꽃을 그리기 시작했다. 그림을 그리고 있을 때 누군가 나를 바라보고 있다는 느낌이 들었다. 철망의 담장 너머 조그만 여자 아이가 나를 바라보고 있었다. "선생님, 지금 뭐하세요?" "응, 나 지금 그림 그리고 있는 중이야." 아이들은 궁금한 것이 많다. "네 이름이 뭐냐?" "이순진이에요." 아이는 여전히 나를 바라보고 있었다. 새하얀 얼굴에 새까만 눈. 어쩌면 그 아이가 내가 그리고 있던 풀꽃과 많이 닮아 있는 게 아닐까 하는 생각이 들었다.

씀바귀

그리움의 한 표상이기도 하다.

　민들레와 봄맞이꽃을 그리고 나서 학교 운동장을 자세히 살펴보았다. 운동장에는 그냥 모래흙만 있는 것이 아니라 수없이 많은 풀들이 자라고 있었고, 더러는 아주 조그맣고도 예쁜 꽃들을 피우고 있었다. 그로부터 나는 자주 발밑을 살피는 사람이 되었다. 그렇다. 풀꽃의 세계는 자기 발밑을 바라볼 줄 아는 사람에게만 열리는 새로운 세상의 비밀 세계이다. 지금까지 먼 하늘을 보았고 뜬구름을 보았다면 그로부터 발밑을 바라보는 새로운 생애가 나에게 열렸다. 이도 하나의 새로운 발견이라면 발견이고 축복이라면 축복이다. 차라리 그것은 겨우 50년을 살고 난 자의 때 늦은 후회 같은 것이었다.

　아이들이 뛰어노는 운동장 가에서 아이들 떠드는 소리를 들으며 아이들과 어깨를 비비대면서 자라난 풀꽃 중에서 가장 먼저 눈에 띈 것이 씀바귀꽃이다. 역시 아이들의 발길에 밟히고 채여 이파리조차 온전하지 못했다. 그렇지만 꽃송이 하나만은 실하게 매달고 있었다. 씀바귀꽃은 노란빛이다. 가늘은 가지 끝에 목을 매달듯 꽃이 핀다. 씨앗이 익으면 깃털 씨앗이 되어 바람에 날린다. 멀리멀리까지 가 자리를 잡는다. 더러는 한 자리에 무더기로 싹을 틔우기도 한다.

어려서 봄이 오기만 하면 외할머니는 나에게 씀바귀나물을 해 주셨다. 맛이 쌉쏘롬했다. 처음에 먹기 역겨웠을 것이다. 그러나 한두 차례 먹다가 그만 씀바귀나물의 쌉쏘롬한 맛이 나의 입맛이 되었다. 그래서 봄이 되면 으레 나는 씀바귀나물을 먹고 싶어 하는 아이가 되었다. 그런 나를 위해서 외할머니는 내가 어른이 되어 따로 집을 얻어 살 때도 봄마다 씀바귀나물을 뜯어 가지고 오시곤 했다. 그래 서 봄이면 씀바귀나물을 떠올리게 되었고 또 외할머니를 생각하게 되었다. 씀바귀는 나에게 그리움의 한 표상이기도 하다.

고이시앙

가난한 마을에 가난한 아이들과 어울려···

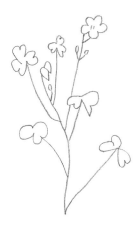

고이시앙이란 싱아의 한 종류다. 싱아는 먹는 풀이다. 군입정감(군 것질)이 없던 어린 시절, 들판에서 놀다가 문득 뜯어 입에 질근질근 씹 던 풀이다. 맛이 시큼했다. 우리 시골에서는 싱아를 시앙이라 불렀 다. 그러므로 고이시앙은 작은 시앙이란 뜻의 말일 게다. 어쩌면 고 양이 시앙, 혹은 고양이 싱아란 뜻일지도 모른다.

고이시앙은 주로 양지바른 땅에 자랐다. 담장 아래나 처마 밑 지시 락(조각난 땅)에 자랐다. 봄이 오기도 전에 파릇한 싹을 내밀고 봄과 함 께 샛노랗고도 둥글고도 예쁜 꽃을 내밀곤 했다. 더러는 그 옆에 병 아리 똥이 오보록이 떨어져 마르고 있었다.

고이시앙이 정말로 싱아처럼 신맛이 나는 풀인지 아닌지는 모르 겠다. 아직은 썬득썬득 목덜미에 바람결이 차고 봄 햇살 노르스름하 게 가는 눈을 뜨고 번지는 날, 가난한 마을에 가난한 아이들과 어울 려 살고 있던 그 고이시앙 풀이 내가 근무하는 학교 운동장에도 피 어 있다는 사실이 무척이나 반가울 뿐이었다.

꽃마리

그 어떤 예술가가 디자인해 놓은 듯한 구성

학교 운동장을 바장이던 나의 발길은 점점 교문 밖으로까지 확대되었다. 마침 내가 근무하던 학교가 농촌 지역에 있는 학교이고, 또 비교적 바깥세상의 영향을 적게 받은 고장이라서 사람들 사는 형편도 순박하고 자연의 모습도 깨끗한 편이었다.

교문을 나서기만 하면 학교 담장을 따라 풀들이 우북히 자라고 있는 것이 보였다. 나는 그 풀숲을 유심히 들여다보았다. 우선 냉이풀꽃이 보였다. 냉이풀꽃은 아주 익숙한 풀꽃이다. 가느다란 가지 끝에 아주 조그맣고도 예쁜 꽃을 매단다. 꽃이 지고 나면 곧바로 삼각형 모양의 씨앗을 조롱조롱 매단다. 마치 세모 모양의 조그만 종처럼 보인다.

그런데 냉이풀꽃처럼 기다란 줄기를 가지고는 있지만 냉이풀꽃과는 전혀 다른 풀꽃이 보였다. 손으로 헤치면서 살펴보니 줄기의 생김새가 특별하고 꽃도 특별했다. 마치 그 어떤 예술가가 디자인해 놓은 듯한 구성을 가지고 있었다. 우아해 보였다. 이 또한 처음 보는 풀이요 꽃이었다. 놀라운 마음이 들었다. 이 꽃이 바로 꽃마리란 어여쁜 이름을 가진 꽃이란 것을 알게 된 것은 또 그로부터 훨씬 뒤의 일이다.

민들레 •2

차라리 그것은 봄의 엽서라고나 그럴까.

민들레는 새봄을 알려 주는 우편배달부와 같은 꽃이다. 차라리 그것은 봄의 엽서라고나 그럴까. 봄이 오면 제일 먼저 피는 꽃이 민들레이고 민들레가 피면 봄이 오도록 되어 있다.

지금까지 우리가 아는 민들레는 노란색이다. 노란색은 죽음과 추위와 겨울을 이긴 색깔이다. 봄에 피는 꽃의 색깔이 대강 노랑 색깔이 많은 건 바로 이런 역경을 이긴 꽃들이 봄에 제일 먼저 피어나기 때문이다. 수선화, 복수초, 산수유, 영춘화, 생강꽃…. 모두

가 노랑 빛깔이다.

그러나 흰빛의 민들레가 더욱 순수한 혈통을 지닌 우리나라 토종의 민들레라는 것을 아는 사람은 별로 많지 않다. 아마도 그것은 노래 탓이겠지 싶다. 초등학교 시절부터 노래를 통해서 그렇게 민들레는 노란색이라고 인식되고 교육되어 왔기에 그러지 싶다.

요즘엔 서양에서 들어온 민들레가 토종 민들레의 자리를 밀어내고 있음을 본다. 토종 민들레는 대략 봄철 한철만 살고 물러나는데, 서양 민들레는 1년 내내 꽃을 피우며 번식을 멈추지 않는다. 참 여러 가지로 서양 것들은 억지가 있고 힘이 세다는 느낌이다.

그런데 언제부터인가 민들레에 약효가 있다 하고, 특히 사람의 간장에 약효가 있다는 말이 번지면서 민들레가 수난을 당하고 있다. 봄이 오면 사람들은 꽃이 피기도 전에 앞다투어 민들레를 뽑아 말리고 그러면서 수선을 피우고 있다. 이래저래 인간들의 세상은 어지럽고 흔들리는 세상인가 한다.

민들레 •3
이 놀라운 모성이라니!

민들레는 주로 양지바른 터를 찾아다니며 산다. 그러나 더러는 척박한 땅도 마다하지 않고 심지어는 돌 틈이나 층계 틈서리 같은 데라도 뿌리내리기만 하면 자라는 풀이다. 생명력이 참으로 놀라운 풀이다.

여러 학교를 다녔지만 학교 주변에는 민들레가 아주 많았던 기억이다. 그 가운데서도 두 번째 교장으로 근무했던 학교가 특히 민들레가 많았던 기억이다. 민들레는 화단에서만 자라는 것이 아니라 학교 구석구석 공터만 있으면 어디서나 자랐다.

운동장에도 민들레가 아주 많이 자라고 있었다. 민들레꽃이 피면 운동장은 온통 노란빛 옷감을 풀어 놓은 듯했다. 게다가 학교 뒷동네에 양봉 하는 집이 몇 있어서 그 집에서 날아오는 꿀벌들로 해서 운동장은 꿀벌들의 닝닝대는 소리로 가득했다.

민들레는 꽃이 오래가지 않는다. 아침나절에 꽃이 새롭게 피기 시작하면 오후쯤이면 벌써 꽃이 시들어 버리고 그 자리에 깃털 씨앗이

생기게 된다. 참 놀라운 일이다. 한번인가는 민들레를 그리고 싶어
한 그루 뿌리까지 캐어 교장실로 가지고 온 적이 있다. 민들레를 그
리고 나서 무심코 그 민들레를 교장실 유리창 가에 놓아두었다.

오후 시간이었다. 이것저것 바쁜 일로 서성대다가 민들레 생각이
나 유리창 가로 다가갔다. 그런데 이게 웬일인가! 민들레가 그때까지
죽지 않고 살아 있는 게 아닌가. 뿐더러 민들레는 꽃 피우기를 멈추
지 않고 계속해 꽃 대궁 가득 깃털 씨앗을 맺고 있었다. 이 놀라운 모
성이라니! 이 질긴 생명력이여! 감탄하지 않을 수 없는 노릇이었다.

나는 유리 창문을 열고 그 민들레의 깃털 씨앗을 날려 보내 주었
다. 어딘가로 날아간 깃털 씨앗은 다
시금 새로운 민들레로 한 생애를 잘
살았을 것이다.

제비꽃 •1
생명의 애달픔을, 그 순간성을 다시 한 번 깨닫는 기회가 되었다.

나는 예전이나 지금이나 자동차가 없는 사람이다. 그래서 대중교
통을 많이 이용하는데 교직 생활을 할 때는 주로 버스를 타고 다녔
다. 대개의 경우 학교와 버스 정류장이 가깝기 마련인데, 1990년대
중반에 근무했던 학교인 논산의 호암초등학교는 버스 정류장과 학
교 사이가 꽤나 멀었다. 너끈히 20분 정도는 들길을 걸어야만 했다.
처음에는 그 일이 힘겨웠지만 시간이 지나면서 그런대로 재미가 있
다는 것을 알게 되었다.

오고 가는 길에 한두 마리 새를 만나 그 소리를 듣는 일도 그렇지
만, 여러 가지 풀꽃들을 보는 재미가 쏠쏠했다. 발밑을 보면서 조심
스럽게 걷는 길. 때로는 이슬에 신발을 함빡 적시기도 했던 길.

어느 날 그 길가에서 제비꽃을 보았다. 아주 색깔이 진한 보랏빛이
고 그 모양새가 예쁜 제비꽃이었다. 그동안 제비꽃을 한번 그려 보
고 싶었는데 잘 되었구나 싶었다. 그 위치를 눈여겨보아 두었다. "조
금만 기다리고 있거라. 지금은 아침 시간이라 너를 그려 줄 수가 없

어. 내 이따가 퇴근길에 너를 그리러 다시 오마." 나는 아이에게 타이르듯 제비꽃에게 말을 했다.

그리고서는 오후의 퇴근 시간. 서둘러 종이와 연필을 준비하여 그 자리로 돌아왔다. 버스 시간에 앞서 잠시 제비꽃을 그려 볼 참이었다. 그러나 나는 제비꽃이 있는 자리까지 와서 실망하지 않을 수 없었다. 그 새를 못 참고 제비꽃은 그만 시들고 말았던 것이다.

아! 탄성이 절로 나왔다. 그렇구나. 그렇게 제비꽃의 일생이 짧은 것이구나. 그렇다면 우리네 인간의 삶도 그럴 것이 아니겠는가! 그것은 또한 생명의 애달픔을, 그 순간성을 다시 한 번 깨닫는 기회가 되었다.

제비꽃 •2
인간적인 소망이 불러온 오해의 소산

나의 어린 시절은 너나없이 가난하고 춥고 배고프던 시절이었다. 놀잇감도 많지 않았고 군입정감도 많지 않았다. 그래서 아이들은 고작 양지바른 담장 밑에 쪼그리고 앉아서 햇빛을 쪼이면서 놀았다. 그걸 '양지사냥'이라고들 불렀던 기억이다. 또 양식이 넉넉한 집 아이들이 들고 나와서 자랑삼아서 먹는 누룽지를 부러운 듯 바라보며 놀았다.

　그것이 어느 봄날이었다면 발밑에 보이는 꽃이 있었을 것이다. 흔히는 냉이나 꽃다지일 것이요, 더러는 또 제비꽃일 것이다. 우리들은 제비꽃을 '앉은뱅이꽃'이라고도 불렀다. 또 '보리밥풀꽃'이라고도 불렀다. 키가 작은 꽃이기에 앉은뱅이꽃이라 불렀을 것이요, 제비꽃이 핀 자리마다 맺히는 제비꽃 열매를 까 보았을 때 거기서 나오는 몽글몽글한 씨앗이 마치 보리밥알을 닮았다 해서 그리 불렀을 것이다.

　사는 일들이 궁색하다 보니 아이들의 상상력 또한 궁색하기 이를 데 없는 것일 수밖에…. 그런가 하면 사랑스럽기 이를 데 없는 이 제비꽃을 '오랑캐꽃'이라고 부르는 경우도 있었다. 다같이 인간적인 소망이 불러온 오해의 소산이라 할 것이다. 이에 오래전에 내가 쓴 「앉은뱅이꽃」이란 시 한 편과 이용악이란 시인이 쓴 「오랑캐꽃」이란 시의 일부를 옮겨 본다.

너는 오랑캐의 피 한 방울 받지 않았건만

오랑캐꽃

너는 돌가마도 털메투리도 모르는 오랑캐꽃

두 팔로 햇빛을 막아줄께

울어보렴 목놓아 울어나 보렴 오랑캐꽃

– 이용악, 「오랑캐꽃」 일부

발밑에 가여운 것

밟지 마라,

그 꽃 밟으면 귀양간단다

그 꽃 밟으면 죄받는단다.

– 나태주, 「앉은뱅이꽃」

모란

우리네 인생의 오만 가지 일들이 아득하고 아득하다는 생각

모란은 예로부터 꽃 중의 꽃이라고 불려 왔던 꽃이다. 일찍이 신라의 선덕여왕이 중국에서 들여온 꽃의 그림을 보고 이 꽃은 아름답기는 하지만 필시 향기가 없는 꽃이고 열매를 맺지 못하는 꽃일 거라고 예언했다고 하는 꽃이다. 천년 넘어 옛일이긴 하지만 어쩌면 선덕여왕 자신의 자화상을 모란에게서 읽었는지도 모를 일이란 생각이 들어 안쓰럽기도 한 이야기이다.

또한 모란은 시인 김영랑 선생이 '모란이 피기까지는 / 나는 아직 기둘리고 있을 테요 찬란한 슬픔의 봄을' 이라고 시에서 씀으로서 봄의 대명사 같은 꽃이 되었으며, 김영랑 선생의 이름과 동의어가 되어 버린 꽃이다.

두 번째 교장으로 근무하던 학교는 나지막한 언덕을 뒤로 하고 질펀한 들판을 앞으로 깔고 있어 매우 편안한 느낌이 드는 학교였다. 그 학교에서 나는 교장으로서는 4년 만기를 채우고 다른 학교로 갔는데 학교의 자연 환경 또한 편안하고 좋았다.

그 학교 뜨락에는 여러 가지 꽃나무가 자라고 있었는데, 교무실 앞 화단에 모란도 한 그루 심어져 있었다. 그 학교에서 네 번의 봄을 맞이하고 네 차례 모란꽃이 피고 지는 것을 보았는데 마지막 해의 봄 모란을 보았을 때의 일이다.

아침에 출근해서 현관으로 들어가면서 보니 모란꽃이 활짝 피어 있었다. 오전 시간에 바쁜 일이 조금 있어 그 일을 처리하고 점심시간에 겨우 여유로운 시간이 생기자 모란꽃 생각이 나 밖으로 나아가 모란꽃 앞에 다시 섰다. 아침에 본 그대로 모란꽃은 소담스런 모습으로 여전히 피어 있었다.

한동안 모란꽃의 호사스런 자태에 흘려 넋 없이 바라보고 있다가 학교나 한 바퀴 돌아볼 양으로 걸음을 옮겨 놓았다. 두어 걸음 옮겼을까. 무언가 뒤가 켕긴다는 느낌이 왔다. 왜 그럴까. 뒤를 돌아다보았다. 그런데 순간, 모란꽃의 커다란 이파리 하나가 바람에 날리기라도 한 듯 펄렁, 땅바닥으로 내려앉는 것이었다. 내 발걸음 탓이기라도 했을까. 그걸 바라보는 내 가슴속에서는 쿵, 하는 소리가 들리는 듯싶었다. 아, 모란이 저렇게 지는 거구나. 그것은 모란이 지는 것을 생전 처음 본 순간이었다.

그러나 내친걸음 학교 운동장을 한 바퀴 돌아 잠시 뒤, 다시 모란꽃 앞으로 왔다. 놀라워라. 그 사이에 모란은 정말로 자취 없이 사라져 버리고 없는 게 아닌가! 그 대신 모란꽃나무 아래 커다란 모란꽃잎만 떨어져 나보란 듯이 누워 있었다. 일찍이 김영랑 선생이 모란꽃을 두고 읊었던 '모란이 지고 말면 그뿐 내 한 해는 다 가고 말아 / 삼백 예순 날 하냥 섭섭해 우웁내다'의 심정이 비로소 나의 것이 되는 듯했다. 영랑 선생은 이미 젊은 시절에 알고도 남은 세계를 나는 겨우 이만큼 나이 들어서야 알게 되다니 영랑 선생에 비해 나는 얼마나 아둔한 시인이란 말인가!

나는 잠시 땅에 떨어진 모란꽃잎을 바라보면서 아뜩한 생각에 잠겼다. 내가 이 모란꽃이 피고 지는 것을 본 것은 우선 이 학교에서 근무하는 사람이고 또 내가 살아 있는 사람이고 또 시절이 봄철이고 때를 맞춰 모란꽃이 피어났기 때문일 것이다. 그렇다면 내년 봄엔 어떻게 될 것인가? 필경, 내가 이 학교에서 물러남으로 모란꽃을 다시 보기는 어렵게 될 것이다.

이렇게 우리가 모란꽃 한 송이와 마주하는 일조차 결코 쉬운 일이 아니다. 생각해 보면 그것은 꽃 한 송이에 관한 사소한 일에 그치는 일이지만, 우리네 인생의 오만 가지 일들이 아득하고 아득하다는 생각에 가슴이 한동안 먹먹했다.

할미꽃

쉽사리 그 마음을 열어 보여 주고 싶지 않은 듯

할미꽃은 민들레와 더불어 봄을 알리는 꽃이다. 민들레가 평지의 전령이라면 할미꽃은 산골의 전령이다. 겨울이 아직 머물러 있을 때 희끗희끗 남아 있는 골짜기의 잔설과 함께 피어난다. 양지바른 땅을 좋아한다. 그것도 거름기가 많지 않은 박토薄土를 좋아한다. 그래서

햇빛이 잘 드는 무덤가, 잔디밭에 피어난다. 지난해 가을에 죽어 누런 잔디 사이를 비집고 가늘고 갈라진 이파리를 가냘프게 내밀고 굵은 꽃대와 함께 꽃이 피어난다. 이파리에 비하여 꽃대와 꽃송이가 지나치게 크다는 느낌을 받는다. 말하자면 포커스가 꽃대와 꽃송이에 가 있다는 얘기가 된다.

꽃송이는 처음부터 고개를 숙인 채 땅을 바라보고 있다. 보송보송 솜털에 싸인 길고도 넓은 꽃잎에 싸인 꽃송이는 쉽사리 그 마음을 열어 보여 주고 싶지 않은 듯 끝내 오므린 채로만 있다가 진다. 그러나 관심을 갖고 꽃송이 안을 들여다본 사람은 꽃송이 안이 짙은 자줏빛으로 되어 있고 아주 부드러운 우단처럼 곱다는 것을 알게 될 것이다.

시골에서 나고 자란 사람치고 할미꽃을 모르는 사람은 없을 것이다. 이는 우리가 어려서부터 즐겨 부른 동요 때문이 아닌가 싶고, 또 꽃에 깃들인 전설 탓이 아닌가 싶다. 내가 초등학교에 다닐 때는 아예 교과서에 할미꽃 전설이 나와 있었다.

아주 오래 전 어느 날, 딸을 셋 낳아 잘 길러 시집보낸 할머니가 살고 있었다 한다. 할머니는 나중에 일을 할 수도 없고 혼자서 살 수도 없을 만큼 늙어 큰딸네를 찾아가 살다가 딸의 눈치가 보여 작은딸네 집에 가서 좀 살다가 다시 눈치가 보여 이번에는 막내딸네 집을 찾아가기로 했다 한다. 굽은 허리로 보퉁이 하나 들고 지팡이 짚고 힘겹게 들길을 지나 산길로 접어든 할머니.

계절이 늦은 가을이었거나 겨울이었던가. 막내딸네 찾아가는 길에 날이 저물고 할머니는 힘이 부쳐 그 자리에 주저앉아 쉬다가 그만 돌아가시고 말았다 한다. 그것도 모르고 막내딸은 어머니가 찾아오시는 것만 기다리다가 하루해를 보내고 다음날 찾아 나섰다가 길바닥에서 돌아간 어머니를 발견했다고 한다. 그래, 어머니를 땅에 묻고 다음해 봄에 어머니 무덤을 찾아가 보았더니 거기에 지금까지 보지 못했던 꽃이 피어났더라는 것이다. 그 뒤로부터 사람들은 꽃의 생김새를 보고 할머니를 닮았다 해서 할미꽃이라 이름 지어 불렀다는 것이다.

너무나 먼, 아득한 이야기.

주름잎

우선 꽃 모양이 사람의 입술을 닮았다.

주름잎은 개울가나 들판, 마을의 공터같이 조금만 습기가 있는 곳이면 어디서나 잘 자라는 풀이다. 원래 크기가 잔작하고 특별하지 않을 뿐더러 꽃 모양이나 꽃 빛깔도 그저 그래 사람의 눈에 잘 띄지 않는 풀이다. 그러나 한국 사람이라면 누구나 한두 번쯤은 눈에 익은 풀이요 풀꽃일 것이다. 그야말로 이름이 없는 그냥 '풀꽃'이라고 그럴까.

하지만 자세히 보면 여간 귀엽고 사랑스러운 꽃이 아니다. 우선 꽃 모양이 사람의 입술을 닮았다. 한 장으로 되어 있는 꽃잎이 아래쪽으로 벌려져 있는 품이 정말로 누군가 입술을 헤, 벌리고 있는 것처럼 보인다. 수줍은 시골 처녀의 배시시 웃는 입 모양을 닮았다 그럴까. 꽃 빛깔은 또 아주 연한 보랏빛이다. 얼마나 그 연보랏빛이 고운 빛깔인지 모른다. 사람들이 알아주건 말건 그렇게 주름잎은 주름잎 그대로 예쁘게 제 세상을 살다가 간다.

내가 맨 처음 주름잎하고 제대로 눈이 맞은 건 역시 50대 초반, 논산의 호암초등학교 교감으로 있을 때의 일이다. 시골 버스에서 내려 학교가 있는 곳까지 20분 정도 고개를 숙이고 땅바닥을 살피며 들길을 걷노라면 논둑길이나 밭둑길에서 자주 만나는 꽃이 바로 이 주름잎이었다. 처음엔 이름도 모르고 보았던 풀꽃. 그 풀꽃의 이름이 주름잎이란 것을 알았을 때 조그만 기쁨이 있었다. 아, 그렇구나. 그것도 실은 하나의 조그만 유레카였다.

쇠별 꽃

씹으면 단맛이 나거나 박하사탕 냄새가 날 것만 같은 꽃이다.

쇠별꽃도 어린 시절부터 오랫동안 보아 왔던 꽃이다. 그냥 이름 없이 풀꽃이라고만 불러 오던 꽃이다. 쇠별꽃에 대해 주목을 한 것도

역시 50대 중반. 시골 초등학교 교감으로 근무하면서 어렵게 출퇴근하던 시절에 알게 된 꽃이다. 내가 오가던 길에는 딸기 농사를 짓는 사람들의 논이 많이 있었다. 겨울에도 비닐하우스를 짓고 그 안에서 딸기 농사를 하고 있었다.

그 비닐하우스가 있는 논둑길을 가다 보면 발밑에 아주 조그마한 풀꽃들이 보였다. 주름잎, 황새냉이, 꽃다지 같은 것들을 알아본 것도 그 들길에서였다. 쇠별꽃은 별꽃은 별꽃인데 작은 별꽃이고 재래종 별꽃이란 의미상으로 붙여진 이름이다. '쇠' 자가 붙으면 왜소하다는 것을 의미한다. 쇠기러기, 쇠물닭, 이런 말들이 다 그러하다.

쇠별꽃은 아주 모양이 작은데 새하얀 빛깔이다. 또 그 모양이 별 모양으로 되어 있다. 그래서 누구라도 그 이름이 쇠별꽃인 줄 몰라도 별꽃이 아닐까 짐작을 하게 된다. 어린 시절에 즐겨 먹었던 별사탕을 떠올리게 한다. 씹으면 단맛이 나거나 박하사탕 냄새가 날 것만 같은 꽃이다.

개불알풀 꽃

하늘빛이 내려와 강그라진 꽃

허, 꽃 이름이 그래 개불알풀꽃이라니! 정식으로 국어사전이나 식물도감에 나와 있는 꽃 이름이 그렇다. 인간의 짓궂음을 읽는다 그럴까, 아니면 리얼리즘을 읽는다 그럴까. 정말로 그로테스크한 꽃 이름이다. 그러나 개불알풀꽃은 전혀 징그럽지도 않고 밉지도 않고 이상하지도 않다. 사랑스럽고 예쁘기만 한 꽃이다.

흔히 양지바르고 습기가 많은 개울가나 언덕 아래서 잘 자란다. 봄이 오자 마자 가장 먼저 피어나는 꽃이기도 하다. 어쩌면 겨울 동안에도 죽지 않고 웅크리고 있다가 봄기운을 맞고 만세 부르듯 꽃을 피우는 것인지도 모르겠다.

꽃 빛깔이 파란색이다. 봄에 피는 꽃 가운데 파란색으로 피는 꽃은 아주 드물다. 이런 입장에서 흔하고 이름이 쌍스러운 풀꽃이지만 귀한 꽃이라고 할 수 있다. 내가 사는 공주의 옛 시가지를 가로질러 흐르는 제민천 가에도 개불알풀꽃이 많이 피어난다. 그래서 봄이 되면 자주 이 꽃을 만날 수 있다.

봄이 되어 이 꽃을 만나게 되면 얼마나 반가운 생각이 드는지 모른다. "아, 다시 개불알풀꽃이 피었구나. 내가 다시 살아 저 풀을 보게 되는구나." 그것은 하나의 감격이 되는 것이다. 그나저나 저것들은 얼마나 힘들게 겨울의 강물을 건너와 봄을 만나게 되는 것일까. 사계절 가운데 겨울철을 힘들게 살기로는 풀이든 인간이든 마찬가지다. 그것이 그럴 양이면 봄이 되어 개불알풀꽃이 다시금 이 땅에 피어나는 것은 그저 그런 일이 아니고 하나의 필연의 일이 되는 것이고 특별한 일이 되는 것이다. 그래서 나는 가끔 이 파랗고도 귀여운 봄의 손님을 맞아 '하늘빛이 내려와 강그라진 꽃'이라고 표현하기도 한다.(강그라지다 : '까무러치다'의 충청도 방언)

지지난해, 오랜 기간의 병원 생활을 마치고 공주로 돌아와 처음으로 맞이하는 봄날에 제민천 가에서 이 꽃을 다시금 만났을 때의 벅찬 마음을 잊을 수 없다. 그들은 이미 작고 보잘것없고 천한 풀꽃이 아니었다. 그들은 나에게 오랜만에 만나는 친구들이었고 내가 선생으로서 학교생활을 하면서 만났던 수많은 제자들의 얼굴, 그것이었다. "안녕, 안녕" 하며 손사래를 치면서 인사하는 아이들이었던 것이다.

붓꽃 •1
꽃 빛깔이 붉은빛이 아니고 파랑이라서 다행이다.

어린 시절 봉숭아나 분꽃, 채송화 같은 일년생 풀꽃과 함께 가장 많이 보아 온 꽃 가운데 하나가 붓꽃이다. 사람과 매우 친숙한 꽃이다. 내가 다니던 외갓집 동네의 초등학교 화단 여기저기에 무더기 무더기로 자라고 있었다. 더러는 마을길 안쪽이나 친구네 집 화단에서도 자라고 있었다.

붓꽃은 숙근초宿根草, 여러해살이풀다. 봄이 되면 가느다랗고 부드러운 칼 모양의 이파리가 우부룩이 자라난다. 마치 풀덤불과 같다. 그러다가 5월이 되기 무섭게 이파리 사이사이로 붓대와 같은 꽃대를 여럿 내민다. 그 끝엔 영락없이 붓을 연상시키는 꽃망울이 하나나 둘 달려 있기 마련이다. 정말로 붓을 닮았다.

그러나 우리가 어려서는 붓꽃을 붓꽃이라 하지 않고 난초꽃이라 불렀다. 아마도 그건 어른들이 그렇게 불러서 따라서 그리 불렀지 싶다. 화투의 그림을 보면 다섯을 의미하는 화투장에 바로 이 붓꽃 그림이 그려져 있다. 화투 놀이를 하면서 흔히 사람들은 일월이 솔

이요, 이월 매조요, 삼월 사쿠라, 사월 흑싸리, 오월 난초라고 부른다. 예전의 시골 사람들이 붓꽃을 난초꽃이라고 불러온 것은 아무래도 이러한 화투의 영향이 아닌가 싶다.

　사람들의 군시렁거림이야 어찌 되었든 붓꽃은 해마다 5월이 되면 꽃대를 내밀고 꽃을 피운다. 붓과 같은 꽃망울이 벌어지면서 단아하지만 아주 화려한 꽃 이파리가 출현한다. 자세히 보면 지극히 에로틱하기까지 한 꽃이다. 누군가 아주 열정적인 젊은 한 아낙이 있어 고혹적인 입술을 벌려 사랑을 애타게 갈구하는 그런 형상이다. 그런데 그 꽃 빛깔이 붉은빛이 아니고 파랑이라서 다행이다. 에로틱을 충분히 잠재우고서도 남는 짙은 파랑이다. 어떤 것은 그 푸르름이 더욱 짙어 우리가 한 번도 다가가 보지 못한 심해선 밖 바다의 푸르름을 닮았다.

　하나의 동경이었다. 하

나의 그리움이었다. 머나먼 안타까움이었다. 보이지 않는 외침이었고 고요한 몸부림이었다. 그러기에 해마다 나는 붓꽃이 피어나기를 기다리는 아이가 되었고, 붓꽃 앞에서 머나먼 바다를 그리워하고 먼 사람, 아직 한 번도 만나지 못한 한 사람을 꿈꾸는 소년으로 자랄 수 있었다. 외롭고 쓸쓸한 내 유년과 소년 시절의 한나절에 이러한 붓꽃마저 곁에 없었다면 그 외로움을 그 무엇으로 위로받을 수 있었을까. 생각만 해도 아뜩해지는 마음이다.

5월의 애인, 붓꽃에게 이제금 감사한다. 해마다 5월이면 어김없이 찾아와 먼 바다의 꿈을 가르쳐 주는 그대, 5월의 소녀여, 새악시여. 해마다 돌아오는 5월에 당신을 만날 수 있었던 행운에 감사한다.

붓꽃의 서양 이름은 아이리스Iris. 그리스 전설에 의하면 사람이 죽어서 가는 저승의 바로 앞에 흐르는 강물 이름이 아이리스라고 한다. "사람이 살아 있는 것 자체가 고통이다."라는 말을 마지막으로 남겼던 빈센트 반 고흐라는 천재 화가가 즐겨 그렸던 꽃도 바로 이 아이리스이다. 몇 년 전 미국에 가는 길에 LA 근교, 장 폴 게티(J. Poul Getty, 1892-1976, 미국의 석유 재벌) 미술관에 들렀을 때 보았다. 미술관 사람들이 가장 소중히 자랑스럽게 여기면서 간직하고 있던 그림이 바로 고흐가 그린 아이리스 그림 한 점이었다.

벚꽃

아들아이가 꺾어 온 벚꽃 줄기, 그 꽃을 보며 나는 염력을 생각했다.

내 생애 가운데 가장 힘든 고비가 지난번 병원 생활 때의 일이다. 회갑의 나이도 지나 교직 정년을 앞두고 있던 예순두 살 때였다. 쉽게 말해서 쓸개 줄에 엄청난 돌이 생겨 쓸개 줄이 터지는 바람에 쓸개물이 모조리 흘러내려 복막염이 생겨서 죽을 고비를 당했다. 의학적 소견으로는 100% 죽는 거였다. 그런데 죽지 않고 살았다. 좋은 병원과 의사, 좋은 약이 주효했고 가족이나 친지들의 극진한 간호가 있었고, 종교적인 도움과 기도가 힘이 되었다. 그야말로 기적이었다. 나는 결코 기적 같은 것은 믿지 않는 사람이다. 의심 많은 사람이다. 그런데 그 기적이 내 몸을 스쳐 지나간 것이다.

그 과정에서 지나온 생애를 몽땅 털어내 놓고 반성해 보는 기회를 가졌다. 나는 일찌감치 죽은 사람이었다. 내가 죽고 난 다음의 나의 모든 것을, 그 평가를 죽지 않고서도 확인할 수 있었다. 나를 위해 몸을 던져 슬퍼하는 사람들을 보았다. 그것은 참으로 놀랍고도 새롭고도 장쾌한 경험이었다. 참으로 유익한 경험이었다. 그로부터 나의

인생은 완전히 새로운 인생, 다른 인생으로 바뀌어져야만 했다. 그 과정에서 시와 그림을 새롭게 만난 것은 병의 터널을 빠져나오는 데 뿐만 아니라 새로운 인생을 꿈꾸는 데도 많은 도움이 되어 주었다.

너무나 아프고 급해서 병원을 찾은 것은 2007년 3월 1일, 새벽 시간. 43년 3개월간의 교직 생활을 마감하고 정년 퇴임을 정확하게 6개월 앞둔 시점이었다. 대전을지대학병원 중환자실에 들어가 일곱 날 밤낮으로 잠 한숨 못 자고 버티다가 결국은 담당 의사로부터 이제는 세상에서 마지막 가는 길, 가족들하고나 시간을 보내라고 2인용 병실로 옮겨 와 지내고 있었다.

아내마저 여러 차례 쓰러져 같은 병원에 입원하고, 시집간 딸아이는 서울을 오가며 울고 있고, 오직 나의 목숨을 포기하지 않은 것은 아들아이뿐이었다. 다행히 아들아이의 직장이 대전의 종합청사 안에 있는 특허청이었기 때문에 주야로 옆에 붙어서 간호를 해 주었다. 병원에서조차 포기한 환자. 아들아이만이 유일한 희망의 끈이었다. 아들아이는 용맹 정진하는 수도승처럼 나에게 매달렸다. 어떤 때는 사흘 밤 사흘 낮을 꼬박 내 곁을 지키며 살았다.

2인용 병실에 들어와 다시 1주일 동안 잠을 못 자다가 결국 잠을 조금 자고 나서 놀랍게도 병이 호전되기 시작했다. 그러던 어느 날(병원에서 가지고 나온 노트의 기록에 의하면 3월 20일)의 일이다. 저녁 무렵 해서 아들아이가 퇴근길에 조그만 꽃가지 하나를 꺾어 가지고 왔다. 벚꽃이었다. 세 송이나 네 송이쯤 되었을까. 자기가 근무하는 특허청 앞 가로수에서 꺾었노라 했다. 애비가 건강할 때에도 꽃을 좋아하는 사람인 것을 알고 그랬겠지 싶었다.

아들아이는 꺾어 온 벚꽃 줄기를 종이컵에 휴지를 넣고 물을 부은 다음 꽂아서 내 침상의 머리맡에 놓아 주었다. 지루한 투병 생활에 위안을 삼으라고 그랬을 것이다. 나는 여전히 잠을 자지 못하는 사람이었다. 그날 밤도 꼬박 밤을 새웠다. 아들아이마저 간병인용 침대에 누워 이불 없이 눈을 붙이고 있는 시간. 나는 오로지 아들아이가 종이컵에 꽂아 놓은 벚꽃을 바라보며 그 온밤을 지루하지 않게 버틸 수 있었다.

벚꽃을 바라보며 나는 염력念力이란 것을 생각해 보았다. 시간이 지남에 따라 종이컵의 휴지에 꽂혀 있던 벚꽃 가지가 삐딱하게 넘어져 갔다. 나는 그 넘어진 벚꽃 가지를 눈빛으로 바로 세울 수 없을까, 생각해 보았다. 그것은 참으로 어이없는 상상이요 시도였다. 그렇지만 나는 그러한 상상과 시도를 끝까지 포기하지 않았다. 어스름한 조명 속에서 나는 눈길에 힘을 실어 벚꽃 가지를 계속해서 쏘아보았다. 그러나 한번 삐딱하게 누워 버린 벚꽃 가지는 쉽사리 일어나 주지를 않았다. 마치 쓰러져 병실에 누워 있는 내 신세 같았다. 하지만 나는 날이 샐 때까지 그 일을 쉬지 않고 반복했다. 어쩌면 내가 그렇게 살아나기 어려운 질병의 골짜기에서 벗어날 수 있었던 것은 이러한 무모하기 짝이 없는 마음의 소망과 노력 때문이 아니었겠나 싶은 생각도 든다.

카네이션

평소 몸이 성할 때 무심히 받았던 꽃

일단 병세가 꺾이긴 했으나 몸은 쉽사리 좋아지지 않았다. 복막염이 다시 급성 췌장염을 일으켰으므로 입으로는 아무것도 음식을 먹을 수가 없었다. 의사의 말로는 굶기는 것이 췌장염 치료의 최상의 방법이라 했다. 물 한 모금, 밥 한 숟가락 삼키지 못하고 오로지 링거 주사에 의해서만 지탱하고 있었다. 그런가 하면 고열은 계속되고 폐렴 증상까지 오락가락했다. 완쾌된다는 그 어떤 보장도 없었다. 이렇게 주사로만 견디면 사람이 얼마나 가느냐고 물었을 때, 담당 의사는 1년 정도 그렇게 버티다가 종잇장처럼 몸이 말라 죽는 사람을 보았다고 했다. 더럭 겁이 났다.

그렇게 지향 없는 환자로서 병원에서 지내기 두 달을 넘기면서 어버이날이 되었다. 아들아이가 퇴근길에 카네이션 몇 송이를 사 가지고 왔다. 평소 몸이 성할 때는 무심히 받았던 꽃이다. 그렇지만 언제 죽을지 모르는 입장이 되어 병실에서 아들아이가 사 온 꽃을 받는 심정은 결코 편안하지 못했다. 처연했다 그럴까.

나는 병원에 들어오기 며칠 전에 〈문학사상사〉의 단행본 팀장의 부탁으로 신작 시집 원고를 넘긴 바 있었다. 병줄이 우선하니 시집의 원고 생각이 났다. 그래서 병실에서도 틈틈이 시를 써서 병문안 오는 사람들에게 부탁하여 등기 편지로 출판사에 시집의 보완 원고를 보내곤 했다. 물론 가족들은 죽을지 살지도 모르는 환자가 무슨 엉뚱한 짓이냐고 반대를 하고 나무랐지만, 나는 그 일을 멈추지 않았다. 죽더라도 시집이나 한 권 더 남겨야 할 것 아니겠냐 싶어서였다.

그럴 즈음 앞으로 나올 시집에 쓰여질 삽화를 그려야겠다는 생각을 하고 있었다. 마침 곁에는 아들아이가 사 가지고 온 카네이션이

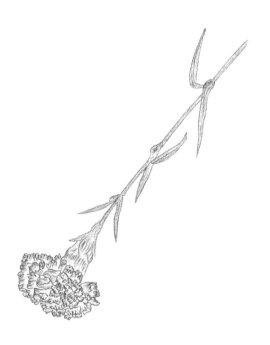

있었다. 그렇다. 이 카네이션을 그려 보자. 나는 연필을 들어 노트에 카네이션을 그리기 시작했다. 그러나 그 그림은 바르게 된 카네이션 그림이 아니다. 위에서부터 아래로 대각선으로 거꾸로 된 카네이션 그림이었다. 왜인가? 병원에 널부러진 내 꼴이 꼭 거꾸로 된 꽃과 같다고 여겨졌기 때문이

다. 이 그림은 내가 병원에 들어오고 나서 맨 처음 그려 본 그림이다.

　그 그림을 역시 나는 등기 편지로 출판사로 보냈다. 이렇게 거꾸로 그려진 카네이션 그림이 나중에 나온 나의 27시집 『꽃이 되어 새가 되어』 표지화가 되었다. 그러나 실지로 시집 표지에는 거꾸로 된 카네이션이 아니라 바로 선 카네이션으로 들어가 있다. 출판사 사람들이 그렇게 한 것이다.

붓꽃 •2

오히려 사납게 그려진 붓꽃이 마음에 들었다.

병원에서 가지고 나온 두 권의 병상일
지에 의하면 2007년 5월 14일로 기록되
어 있다. 그날 나는 두 번째로 병원에서
그림을 그렸다. 붓꽃 그림이었다. 병원
측에서는 나름대로 노력을 하는 데도 병
세는 조금도 좋은 쪽으로 기울지 않고 평
행선을 긋고 있었다. 차라리 점점 나빠지
는 추세였다. 담당 의사도 뾰족한 대안이 없는 것 같았다. 췌장 주변
에 생긴 염증이 좀처럼 가라앉아 주지를 않았다. 담당 의사는 이제
는 내과적 치료가 한계에 다달았노라 실토했다. 절망이었다.

몇 차례 까무러쳤다가 겨우 깨어나 내 간호에 매진하던 아내도
다시 지쳐 가는 듯싶었다. 그러던 어느 날, 아내는 아들아이가 근무
하는 정부종합청사의 식당으로 밥을 사 먹으러 갔다 오는 길에 꽃
한 송이를 꺾어 왔다. 붓꽃이었다. 아무런 도구도 없이 맨손으로 비

틀어 꺾었기 때문에 꽃 대궁의 아랫부분이 너덜너덜하게 찢겨져 있었다.

"당신이 이 꽃을 좋아하잖아요. 그래서 한 송이 꺾어 왔어요." 아내는 그 절망 속에서도 환하게 웃으며 내게 꽃을 건네주었다. 나는 그 꽃을 받아 들고는 한동안 멍하니 바라보고 있다가 노트를 꺼내어 꽃을 그리기 시작했다. "그래 이 꽃은 조금만 시간이 흐르면 시들고 말 거야. 내가 이 꽃을 영원히 시들지 않게 해 주어야지." 아마도 그런 심정으로 붓꽃을 그리기 시작했을지도 모르는 일이다.

연필로 대강 그리고 그 위에 붓펜으로 진하게 덧칠을 했다. 그림을 다 그리고 나니 붓꽃이 여간 사납게 그려진 게 아니었다. 그러나 나는 오히려 사납게 그려진 붓꽃이 마음에 들었다. 언제 죽을지 모르고 신음하는 내 대신에 씩씩한 붓꽃이 나더러 어서 일어나라고 말하는 것 같았다. 용기를 주는 것 같았다. 그림을 다 그린 위에 나는 그림을 노트에서 떼어 냈다. 그리고는 그 위에 이렇게 썼다.

'정종화 선생. 이 그림도 필요하면 삽화로 쓰세요. 나태주.'

3부

오래 보아야 사랑스럽다

자세히 본다는 것은 좋은 일이지만 오래 두고 본다는 것은 더욱 좋은 일이다. 너무나 성의 없이 대충대충 보고 넘김으로 얼마나 많은 귀중한 것들을 우리는 놓쳐 버리는가? 오래 묵은 술이 향기롭듯이 오랫동안 알고 지낸 사람이 더욱 정답고 사랑스럽다. 젊은 시절엔 차마 알지 못했던 일. 그것도 하나의 지혜라면 지혜고 인생의 보물이라면 보물이겠다.

질경이

그야말로 질긴 목숨이라 그럴까. 그래서 이름조차 질경이일까.

풀꽃들을 만나려고 들판 길을 서성이고 있을 때 핸드폰이 울렸다. 푸른길출판사의 김선기 사장이었다. 풀꽃 그림에다가 글을 넣어 책을 내자고 제안한 장본인이다.

"선생님 지금 뭐 하세요?" "나요? 지금 풀꽃들과 놀고 있는데요." "참 좋으시겠네요." "풀꽃들이 저희들끼리 다 놀다가 돌아갔어요." "그래요? 그럼 안 되는데요." "다시 만나려면 1년은 기다려야 할 겁니다." "그렇겠군요. 그럼 질경이풀꽃도 그려 주세요." "그러지요." "선생님 감기 들지 않게 조심하세요."

전화는 그것으로 끝이 났다. 전화를 끊고 생각해 보니 질경이풀꽃이 어떻게 생겼더라, 생각이 나지 않는다. 한 번도 질경이풀꽃을 눈여겨본 적이 없는 것 같았다. 물론 질경이풀은 잘 안다. 시골길 마을 어귀나 한길 가, 조금 습기가 있는 장소면 아무 데서나 뿌리내려 잘 자라는 풀이 질경이풀이다. 아무리 사람들이 밟고 소달구지나 경운기 바퀴가 훑고 지나가도 다시 살아 일어나는 것이 질경이풀이다.

그야말로 질긴 목숨이라 그럴까. 그래서 이름조차 질경이일까. 질경이는 민초民草의 끈기를 닮았다. 옛 우리네 삶을 닮았다. 질경이풀은 이파리가 제법 넓다. 뿐더러 약효가 있다 하여 더러는 이파리를 쌈처럼 먹기도 하는 풀이다.

그나저나 질경이풀꽃이 어떻게 생겼더라? 내년에 다시 봄이 오고 풀들이 돌아오면 질경이풀을 다시 만나고 꽃이 어떻게 생겼는지 눈여겨보아야 할 일이다.(그날 만난 질경이는 꽃줄기에 씨앗을 당알당알 매달고 있는 질경이였다.)

달개비

그동안 놓치고 살았던 유년의 기억

달개비는 우리나라 시골에서 가장 흔히 볼 수 있는 풀 가운데 하나이다. 번식력도 좋고 건강하여 아무데서나 잘 자란다. 공터가 보인다 하면 아무 곳이나 찾아와 뿌리를 내리고 자라는 친화력이 뛰어난 풀이다. 달개비란 이름 외에 '닭의장풀'이라고도 부른다.

주로 잉크색 파란 꽃이 피지만 더러는 하얀색 꽃이 피기도 한다. 달개비, 흔한 풀이긴 하지만 그 꽃은 아주 특별한 바가 있다. 먼저 꽃의 색깔이 잉크 빛으로 진한 파랑이란 점에서 주목이 된다. 실상 파란색 꽃을 가진 식물이 그렇게 많지 않다. 꽃이라고 하면 대충 빨간색 계통이나 노란색 계통이다. 그것이 일반적 통념이다. 그걸 비껴서 달개비는 파란색, 그것도 진한 파란색인 것이다.

또 그 꽃의 모양이 유별나다. 세 장의 꽃잎 가운데 두 장은 큼직한 모양으로 위쪽으로 나 있고 한 장은 조그마한데 아래쪽으로 나 있다. 그 세 장의 꽃잎 사이로 여러 개의 꽃술이 나와 있다. 끝 부분이 돌돌 말린 모양인데 그냥 나와 있는 게 아니라 삐죽이 나와 있다. 두 세 개 기다랗게 나온 것이 수술이고, 네다섯 개 오보록이 모여 있는 뭉뚱한 것들이 암술일 것이다. 다 같이 그것은 또 진한 노란색을 지니고 있다. 마치 조그만 짐승이 입을 벌리고 낼름 혓바닥을 내민 형상이다. 무언가를 애타게 희구하는 그런 표정이다. 이 얼마나 사랑스런 모습인가!

누구든 여름 한철, 그러니까 7월이나 8월, 시골길을 걸을 때 공터에 우북하게 자라고 있는 달개비를 만나게 된다면 발길을 멈추어 그 사랑스러운 꽃 모양을 한번쯤 살펴보시기 바란다. 거기에 당신이 그동안 놓치고 살았던 유년의 기억이 있고, 한 아름답고 조그맣고 고요한 세계가 기다리고 있을 것이다.

양달개비
올된 서양 계집애를 닮은 꽃이다.

소년 시절, 공주에 와 고등학교를 다닐 때 처음 본 꽃이다. 고달픈 학생 시절, 아침에 일어나 푸스스하니 졸린 눈으로 자주 보았을 것이고 지친 몸으로 돌아오는 골목길에서 자주 만났을 것이다. 공주에서는 흔하게 볼 수 있었다. 담장 너머 집 안 뜨락에 심어져 있었고, 더러는 길가에도 자라고 있었다.

자줏빛을 하고 있었다. 누구도 그 이름을 알려 주지 않았다. 그래서 나는 이 꽃이 수선화가 아닐까, 혼자서 생각하고 있었다. 오랫동안 그렇게 생각하고 있었다. 지금 와서 생각해 보면 참 우습고 어처구니없는 일이기도 하다.

역시 외국에서 들여온 귀화 식물이다. 북아메리카라니까 미국이나 캐나다에서 살던 친구들일 것이다. 일찍이 선교사나 그런 사람을 따라서 왔겠지. 공주는 일찍부터 서양 문물의 문이 열린 고장으로 외국에서 선교사들이 일찍 찾아오고 그랬을 것이다. 그러기에 공주에는 이렇게 양달개비들이 흔하게 자라고 있었을 것이다.

양달개비는 달개비와 마찬가지로 세 장의 꽃잎으로 꽃이 구성되어 있다. 그런데 달개비와는 달리 꽃송이가 하늘 쪽을 향하고 있다는 점이 다르다. 조금은 되바라져 있다고 할까, 까부는 기질이 보인다 할까. 어쨌든 양달개비는 얌전한 꽃은 못된다. 제 속내를 부끄러운 줄도 모르고 드러내 보여 주는 올된 서양 계집애를 닮은 꽃이다.

둥굴레

그 뒤로부터 나는 둥굴레를 무당꽃이라고도 부른다.

둥굴레는 조붓하니 둥그스름한 이파리를 가진 풀이다. 둥굴레는
이파리에 여러 개의 줄이 가 있는 게 시원스럽게 보인다. 매끄럽고

도 둥근 줄기를 자랑하는 풀이다. 뿐더러 둥굴레는 마디마다 초롱꽃을 매달고 있는 풀이다. 다소곳이 입을 다문 채 아래쪽을 바라보고 있는 초롱 속에서는 도란도란 산골 마을의 외딴집 창문에 비친 옛날 이야기라도 들려올 듯싶기도 하다. 정말로 그래서 꽃 이름이 둥굴레꽃일까.

요즘은 이 풀의 뿌리를 캐어 차로 달여 마시기도 한다. 구수하면서도 사람의 마음을 편안하게 해 주는 둥굴레차의 맛! 아무래도 둥굴레꽃은 산골 사람 냄새가 나는 꽃이다. 아리잠직하고 다소곳한 새색시를 연상하게 하는 꽃이다.

비교적 깊고 깨끗한 땅 산속에서 자란다. 다른 나무 아래 얌전하게 자란다. 때로는 무리를 이루어 살기도 하지만 우악스럽게 무리를 짓지는 않는다.

그런데 나는 이 꽃을 맨 처음 어느 무당의 집 뜨락에서 보았다. 대문 앞에 무당의 깃발이 꽂혀 있던 집이었다. 둥굴레는 제철을 만나 여러 개의 새하얀 초롱꽃을 그 허리에 매달고 있었다. 조금은 허리를 비틀고 비스듬히 누워 있는 녀석도 보였다.

마당에는 아직 고운때가 가시지 않은 한복 차림의 아낙네가 오가고 있었다. 아마도 집주인인 무당인가 보았다. 그 무당의 고운 얼굴이 둥굴레의 가느다란 허리에 걸려 보였다. 애달프다 그럴까. 그 뒤로부터 나는 둥굴레를 무당꽃이라고도 부른다.

메꽃
우리들 젊은 시절, 가난하고 뜨거운 한숨 소리가 들어 있는 꽃

애당초 허름한 땅, 버려진 땅 어디서나 뿌리내려 자랐다. 넝쿨 줄기로 다른 물체를 휘어잡고 위로 올라가면서 이파리를 내밀고 꽃을 피웠다. 기다란 나팔 주둥이를 가진 꽃이다. 언뜻 보면 나팔꽃처럼 보이기도 한다. 그러나 나팔꽃은 봄에 씨앗에서 싹이 나와 자라 꽃을 피우지만, 이쪽은 다년생 뿌리에서 싹이 나와 자란다. 군입정감이 별로 많지 않던 시절, 이 녀석의 뿌리를 캐어 밥솥에 쪄서 먹기도 했었다. 새하얀 기다란 줄기가 밥솥에 찌면 제법 달착지근하고 맛이 있었던 것이다.

내가 보았던 메꽃은 주로 분홍색 꽃이었다. 나팔꽃이 진한 바닷물 빛이거나 빨강이라면 메꽃은 언제나 분홍 일색이다. 조금은 우직하다 그럴까, 촌스럽다 그럴까. 아무튼 메꽃은 때 묻지 않은 시골 처녀의 자태를 무던히도 닮아 낸 꽃이다.

나, 일찍이 결혼하여 신혼 시절일 때, 아내와 둘이서 시골집 문간방에 세 들어 살 때, 문을 열면 황토로 쌓은 흙담이 보이고 거기에 메

꽃은 피고 있었다. 결혼하고 나서도 4년 동안이나 아기가 없어 고민하며 살던 때, 아내와 나는 아침마다 잠에서 깨어 한숨을 쉬며 황토 흙담 위에 피어난 메꽃을 바라보곤 했다.

메꽃이 우리 내외였고 우리 내외가 또 바람에 날리는 두 송이 메꽃이었다. 그렇게 초라하고 자취 없이 살던 시절이 있었다. 스스로 돌이켜 보아도 눈물겹게 여겨지던 시절이 있었다.

가엾어라, 메꽃! 그래서 메꽃은 지금도 우리들 젊은 시절, 가난하고 뜨거운 한숨 소리가 들어 있는 꽃이다.

봉숭아

이래저래 의미심장한 꽃이고 사랑스러운 꽃이다.

흔히들 우리나라 화초라고 그럴 때 맨 처음 떠올리는 꽃이 봉숭아다. 장소를 가리지 않는다. 까탈스럽게 굴지 않는다. 흙이 있는 곳이라면 어디든 타박하지 않고 뿌리내려 자란다. 무척이나 붙임성이 있는 족속이다.

그야말로 어리고도 사랑스런 누이를 떠올리게 하는 꽃이다. 불그스름한 두 볼을 가지고 있을 거야. 검고 숱 짙은 머리칼을 두 갈래로 질끈 묶었을 거야. 수줍은 웃음을 얼굴 가득 머금고 있을 거야.

꽃 모양이 조붓하게 벌린 어린아이의 입술이거나 새의 주둥이 같다. 비가 내리면 그 입술 주위에 빗물이 고이기도 한다. 꽃송이치고서는 무척이나 예쁘고 특이하게 생긴 모습이다.

꽃이 진 자리에 열리는 씨앗은 또 어떤가? 동그스름하고 조그만 씨앗 주머니를 떠올릴 것이다. 사람이 손을 가져다 대기만 해도 '탁', 껍질을 터트리면서 새까만 씨앗을 멀리 날려 보내는 그 신기한 봉숭아꽃의 재주를 기억할 것이다.

한국 최초의 작곡가 홍난파 선생의 노래로 더 많이 알려진 꽃이다. 우리나라 역사에서 일제 침략기 우리의 민족혼을 일깨워 주던 꽃이다. '울 밑에 선 봉선화야 네 모양이 처량하다…', 노래에 나오는 '봉선화鳳仙花'는 봉숭아의 또 다른 이름이기도 하다. 이래저래 봉숭아꽃은 의미심장한 꽃이고 사랑스러운 꽃이다.

몇 년 전이던가 여름, 미국 LA에서 평소 집안의 형님처럼 따르던 문인 내외분이 공주를 방문한 일이 있었다. 함께 공주의 황새바위란 관광지를 구경하면서 길가에 피어난 봉숭아꽃을 유심히 바라보던 일이 기억난다. 그때 우리는 일찍 맺힌 봉숭아 씨앗을 받으며 이 씨앗을 가져다가 미국 땅에 뿌리면 싹이 날 것인가 아닌가, 이야기를 주고받았다. 벌써 그때의 일이 그립게 여겨진다.

분꽃

내놓고 나는 향기가 아니라 안으로 은은히 번지는 향기다.

아주 오래 전부터 우리네 시골에서 자라 온 꽃 가운데 하나가 분꽃
이다. 화장품이 귀하던 근세 이전, 이 꽃의 씨앗에서 나오는 새하얀
가루로 여인네들이 화장을 했다고 한다. 그렇다면 이 꽃은 그 어떤

꽃보다도 우리나라의 여인네들과 친하게 지내던 꽃이다.

참 드물게도 이 꽃은 아침이나 한낮에 꽃을 피우는 게 아니라, 달맞이꽃이나 박꽃처럼 해가 지고 저녁이 오는 시간대에 꽃을 피운다. 시계가 귀하던 시절, 비가 오거나 구름이 끼어 해가 진 걸 가늠하기 어려운 날은 추녀 밑이나 마당 한 귀퉁이에 이 꽃이 피어나는 걸 보고 우리의 아낙네들은 저녁밥 지을 때를 맞추곤 했다. "애야, 분꽃이 폈다. 보리쌀 삶아라." 저녁때만 되면 며느리들을 향해 시어머니들은 말하기도 했을 것이다.

꽃이 시계 역할을 했다니! 참 아득한 옛날의 이야기만 같다. 분꽃은 향기가 못내 좋은 꽃이다. 내놓고 나는 향기가 아니라 안으로 은은히 번지는 향기다. 내가 아는 후배 시인 가운데 딸만 셋을 낳아 기른 친구가 있다. 그가 딸을 기를 때의 이야기다. 여름날 저녁 같은 때, 일찌거니 저녁밥을 먹고 나서 마루에 나와 앉아 있노라면 마당 쪽에서 아주 좋은 냄새가 나곤 했다고 한다. 그것은 마당 가에 심어 놓은 분꽃에서 나는 냄새였다고 한다.

"아빠, 마당 쪽에서 아주 좋은 향기가 이쪽으로 물결쳐 와. 저 향기를 맡으면 가슴이 꽉 막히는 것 같아." 분꽃의 냄새를 가장 잘 눈치로 알아차리고 또 좋아한 건 시인의 어린 딸들이었다고 한다. 가을이면 꽃이 진 자리마다 새까맣고 둥그랗고 귀여운 지구를 하나씩 올려놓고 있는 꽃. 분꽃을 생각하면 나도 옛날로 돌아가 밤마다 분꽃의 향기를 좋아했다는 시인의 어린 딸들을 문득 만나보고 싶어진다.

물봉선

여간 귀엽고 서러운 느낌이 드는 게 아니다.

물봉선을 만나러 갔다. 공주 시내 지역에서도 물봉선이 살고 있는 몇 군데를 알고 있다. 그 가운데 한 군데가 바로 옛날 공주사범학교 여학생 기숙사가 있던 건물 뒷산의 조그만 골짜기다. 처음 그곳을 찾았을 때 물봉선 군락을 보고 놀란 바 있었다. 나는 처음 그곳에서 물봉선들을 만났을 때 나의 소년 시절 만났던 여학생들의 혼이 거기 남아 꽃이 되었거니, 생각을 했었다.

물봉선은 여름철 장마가 끝나고 더위가 시작되면서 피는데, 늦은 여름까지 머물다 가는 꽃이다. 짙은 초록색 이파리에 싸여 보랏빛으로 피기도 하고 노란빛으로 피기도 한다. 꽃의 모양이 봉선화(봉숭아)를 닮았다. 어찌 보면 새의 모양 같기도 하고, 배 모양이기도 하고, 짐승이 입을 벌리고 있는 모양이기도 하다. 줄기에 꽃이 가느다란 끈으로 연결되어 있어 조금만 바람이 불어도 해족해족 고개를 흔들곤 한다. 여간 귀엽고 서러운 느낌이 드는 게 아니다.

서둘러 찾아갔을 때, 짐작대로 물봉선은 거의 보이지 않았다. 겨우 몇 송이가 눈에 띄었다. 아차, 너무 늦게 왔구나. 물봉선들은 이미 씨앗을 떨구고 내년을 기약하고 있었다. 그래 내년에 다시 보자. 나는 한 두어 송이 어렵게 남아 있는 꽃들을 카메라에 담고 돌아왔다. 산에 들에 제멋대로 피어나는 꽃을 만나는 일도 그렇게 쉬운 일만은 아니다.

며느리밥풀꽃

슬프고도 안타까운 이야기가 담겨 있는 꽃

며느리밥풀꽃. 참 묘한 이름이다. 꽃 이름이 며느리밥풀꽃이란다. 그러나 조금만 생각을 넓혀 보면 꼭 며느리밥풀꽃이란 이름만 이상한 게 아니다. 이상스럽게 생각되는 꽃 이름이 수두룩하다. 꽃의 이름은 대략 그 생김새나 빛깔에서 비롯하기도 하지만 인간의 소망이나 삶의 실상을 담기도 한다. 꽃의 이름과 꽃과는 상관이 별로 없다.

패랭이꽃, 애기똥풀꽃, 붓꽃, 둥글레, 닭의장풀꽃, 옥잠화, 방울꽃, 초롱꽃, 상사초, 분꽃과 같은 꽃들은 인간의 생활과 밀접한 관련이 있어 보이고, 제비꽃, 뻐꾹채꽃, 개불알풀꽃과 같은 이름은 자연이나 동물과 선이 닿아 있음을 본다. 그저 인간이 그렇게 이름을 지어서 불렀을 뿐이다. 이러한 꽃 이름을 통해서 볼 때 인간이 얼마나 자기중심적이고 오만한가 하는 것을 알 수 있는 일이다.

며느리밥풀꽃도 이야기가 담겨 있는 꽃이다. 그것도 슬프고도 안타까운 이야기이다.

역시 아주 오랜 옛날, 가난한 어느 집에 마음씨 고약한 시어머니와 며느리가 살았다 한다. 집안이 가난하여 늘 죽을 쑤어 먹거나 보리밥을 해서 먹었다 한다. 시어머니 구박 속에 사는 며느리는 방 안에서 편안히 앉아서 밥을 먹지도 못하고 부엌의 아궁이 앞에서 쭈그리고 앉은 채 밥을 먹어야만 했다고 한다. 그것도 밥사발에 밥을 담지도 못하고 바가지에 담은 채 밥을 먹어야만 했다고 한다.

그러던 어느 날 며느리는 점심 끼니때가 되어 아침에 먹다 만 보리밥을 물에 말아 먹고 있었다 한다. 마악 밥을 먹고 있는데 이웃집으로 마실 갔던 시어머니가 집으로 돌아왔다고 한다. 집에 돌아와 보니 인기척이 없어 부엌으로 발길을 옮겼겠지. 부엌 아궁이 앞에 쭈그리고 앉아 바가지에 밥을 담아 먹고 있는 며느리가 보였다 한다. 그런데 여기서 시어머니가 크게 오해를 하고 만다.

시어머니 눈에 며느리가 바가지에 말아 먹는 보리밥이 하얀 쌀밥으로 비친 것이다. "아, 저년 좀 봐라! 아침에 식구들한텐 보리밥을 지어 먹이더니, 저 혼자만 쌀을 숨겨 놓았다가 시어미 없는 틈에 쌀밥을 지어 먹고 있구나!" 화가 머리끝까지 오른 시어머니는 그만 부엌 바닥에 있던 커다란 나무 막대를 들어 며느리를 때렸다 한다. 이에 며느리는 아무 소리도 못하고 그 자리에 쓰러져 죽었다 한다. 이때 죽은 며느리 입가에 허연 보리밥알이 물려 있었다 한다.

나의 어린 시절, 며느리밥풀꽃에 대한 슬프고도 안타까운 전설을 들려주신 분은 외할머니이시다. 놀잇감도 군것질감도 흔하지 않았을 뿐더러 읽을 만한 책조차 많지 않았던 어린 시절, 이런 이야기 자료들은 참으로 가난한 마음에 귀중한 재산이 되어 주기에 충분했다. 과연 며느리밥풀꽃을 들여다보면 수줍고 가냘프게 얼굴을 숙인 꽃송이 안에 길쭉한 모양의 꽃술이 두 개씩 나왔는데, 마치 그 모양이 사람이 밥풀을 물고 있는 것처럼 보이기도 한다.

수련

꽃을 두고 이룬 인간의 슬프고도 아름다운 꿈

흔히들 수련을 한자로 써보라 그러면 물 水수자를 써서 水蓮(수련)이라 쓰기 쉽다. 그러나 수련은 졸음 睡수자를 써서 睡蓮이 맞다. 햇빛이 환한 낮 시간에 피는 꽃이라 해서 자오련子午蓮이라고도 부르고, 오후 2시에서 4시 사이에 핀다 해서 미초未草, 미시에 피는 꽃이란 뜻라고 부른다고 한다.

수련도 연꽃의 한 종류이므로 연못에서 자라고 꽃이 핀다. 여름날 한낮에 꽃을 피우고 밤에는 꽃송이를 오므리고 잠이 든다. 그래서 그 이름에 졸음 睡수자가 들어갔는지 모르겠다. 그러나 나는 아무래도 그런 객관적이고 사실적인 이야기보다는 아스무레한 한 이야기에 주목한다. 어떤 책에서 읽었던 것일까? 아니면 어디서 누구한테서 들은 것일까? 근거는 잠시 희미하지만 스토리만큼은 여전히 확실하게 기억하는 애잔한 이야기가 있다.

옛날, 한 선비가 있었노라 한다. 거처하는 사랑채 앞에는 연못이 하나 있었고 그 연못에는 수련이 심어져 있었다 한다. 해마다 수련은 곱게 피었다 지곤 했는데 어느 해 여름날이었다 한다. 사랑에서 글을 읽다가 잠시 낮잠이 든 선비. 잠을 자면서 꿈을 꾸었는데 꿈이 너무나도 선명하고 아름다웠다는 것이다. 꿈의 내용은 바로 선비네 집 연못에 관한 것. 꿈속에서 보니 자기네 집 연못에 수련 두 송이가 피어 있었는데, 그 두 송이 수련 속에서 어여쁜 소년과 소녀가 각각 하나씩 나와 서로 손을 맞잡고 춤을 추기도 하고 웃기도 하며 놀더라는 것이었다.

꿈을 깨어 아무래도 이상하다 싶어서 자기네 집 연못을 살폈더니 과연 수련 두 송이가 피어 있더라는 것이었다. 이에 장난기가 발동한 선비는 연못가로 가 손을 뻗어 피어 있는 두 송이 수련 가운데 한 송이를 골라 꽃잎 하나를 살짝 뜯어냈다는 것이다. 그 다음날 역시 책을 읽다가 선비가 낮잠이 들었는데 이번에도 꿈을 꾸었다는 것이다. 그런데 어제와는 달리

아주 슬픈 꿈이었다는 것이다.

수련 두 송이에서 소년과 소녀 한 사람씩 나온 것은 어제의 꿈과 같은데, 그들은 마주 손을 잡지도 못하고 춤을 추지도 못하더라는 것이었다. 이 유는 소녀의 팔소매 한쪽이 떨어져 나가 아무리 소년이 팔을 저으며 손 짓을 해도 소녀가 가까이 다가오지 못하더라는 것이다. 두 사람은 멀리 서 보면서 눈물을 흘리며 울고만 있더라 한다.

이것은 물론 한낱 허구적인 옛이야기일지 모른다. 하지만 이런 사 소한 이야기를 통해 꽃을 두고 이룬 인간의 슬프고도 아름다운 꿈을 읽을 수 있다. 자연물인 꽃과 인간이 공유하는 아름다운 상상의 세 계를 만나기도 한다. 상상력이라 해도 이만큼 되면 우리를 충분히 울리고도 남는 바가 있다 할 것이다.

옥잠화

눈부신 순결이 깃들어 있는 꽃이다

옥잠화玉簪花. 이름의 글자 뜻 그대로 '옥비녀꽃'이다. 여름철 장마가 지나가고 무더운 날 햇빛이 쨍쨍 비추다가 소낙비라도 한줄금 스치고 나면 피어나는 꽃이다. 어찌나 꽃 빛깔이 새하얗고 고운지 바라보고 있는 사람조차 세상의 온갖 괴로움과 슬픔, 더러움과 거짓, 불평과 미움을 모두 떨쳐 내게 할 것만 같다. 눈부신 순결이 깃들어 있는 꽃이다. 꽃의 모양은 또 어떤가? 마치 무엇인가를 갈구하는 사람의 마음과 같이 앞으로 기다랗게 튀어나와 있다. 옥잠화는 한여름 내내 무엇을 그렇게 못 잊어 애태우는 것이 있어 그토록 기다란 주둥이를 내밀고 갈구하는 일을 계속하고 있는 것일까?

이러한 옥잠화를 또 다른 눈길로 바라보면 정말로 옥으로 만든 비녀처럼 보이기도 한다. 이 또한 인간이 만들어 낸 슬프고도 안타까운 한갓 부질없는 췌사贅辭에 불과할지 모르는 일이다. 정말로 이름이 옥잠화라면 꽃 속에 그 어떤 아름다운 이야기라도 숨어 있을 듯싶기도 하다.

혹시나, 지아비를 위해 정절을 지키다 끝내 돌아간 아리따운 지어미의 혼백이 있어, 저승에서도 차마 눈감지 못하고 자연의 힘을 빌어 솟아나온 꽃이라면 과연 이러한 고우신 모습일 것인가! 그 시절이 언제쯤이라 해야 좋을는지? 줄잡아 고려 시절이라고 하면 적절하지 않을까? 수도인 개성을 빠져나오는 예성강 어느 마을이었다면 또 어떨까?

그렇다. 나는 지금 여기서 『고려사악지高麗史樂志』에 나온다는 「예

성강곡」이란 노래에 대한 전설을 이야기하고 싶은지도 모르는 일이겠다. 정말로 옥잠화에는 그러한 옛날의 아리따운 이야기 속 절개 높은 여인네의 보오얀 숨결이 숨어 있을 것만 같은 착각이 숨어 있기도 하다.

옛날에 당나라 상인인 하두강賀頭綱이라는 사람이 바둑을 잘 두었다. 그가 한번은 예성강에 갔다가 아름다운 여인을 보고는 탐나는 마음이 생겼다. 그는 그녀의 남편과 바둑을 두어 거짓으로 지고는 많은 물건을 건네주었다. 그리고 이번에는 아내를 걸고 바둑을 두자고 하였다. 남편은 이로운 일이라고 생각을 하고 그렇게 하기로 하였다. 상인은 실력을 다하여 단번에 이기고는 그의 아내를 빼앗았다. 그리고는 그의 아내를 배에 싣고 떠나가 버렸다. 이에 남편은 후회와 한恨에 차서 이 노래를 불렀다. 세상에 전해지기는, 그 부인이 떠나갈 때에 몸을 매우 죄어 매서 하두강이 그녀를 건드리지 못했다고 한다. 배가 바다 가운데에 이르자 뱅뱅 돌고 가지 않으므로 점을 쳤더니 지조가 굳은 여인에게 감동이 되었으니 그 여인을 돌려보내지 않으면 배가 파선되리라 하였다. 그래서 뱃사공들이 두려워하며 하두강에게 이 일을 고하자 하두강은 그녀를 돌려보내 주었다고 한다. 그녀가 또한 노래를 불렀는데 이것이 후편이다.

-『고려사악지』

상사화

서로 애달피 그리워하다가 상사병이 나고 만 꽃

　사람들의 생각은 별나다. 애당초 제멋대로다. 별이든 꽃이든 이별하여 서로 애타게 그리워할 뿐 만나지 못하는 전설 속 주인공으로 만들어 내기를 좋아한다. 하늘에 견우직녀의 별 이야기가 그렇고 상사화에 대한 이야기가 그렇다.

　견우직녀의 별은 은하수를 사이에 두고 1년 내내 만나지 못하다가 칠월 칠석날 하루 저녁 한때만 만나는 별이다. 그것도 지상의 까치와 까마귀들이 하늘로 날아올라 가 다리를 놓아 만나게 해 준다는 것이다. 그래서 칠석날 무렵이면 지상에 비가 내린다고 그런다. 모처럼 만나는 견우와 직녀의 눈물이라는 것이다.

견우직녀의 별들은 그래도 1년에 한 번씩 잠시라도 만나지만 상사화는 아예 만나지 못하는 걸로 되어 있다. 정말로 꽃을 옆에 두고 길러 보면 상사화는 꽃과 잎사귀가 영영 만나지 못하도록 되어 있다. 봄이 되면 우선 상사화의 이파리가 나온다. 마치 군자란처럼 길쭉하고 잘생긴 잎사귀다. 마치 하늘로 뻗은 품이 칼을 한 자루씩 세운 것처럼 보인다.

얼마큼 살다가 그 이파리들은 시들어 버리고 만다. 아예 자취를 감추고 만다. 봄에 이파리가 나왔었는지 아니 나왔었는지조차 모를 정도로 까마득하게 이파리의 자취가 사라진다. 그런 뒤 얼마나 시간이 흘렀을까. 초여름이 올 무렵 잎사귀가 시든 자리에서 꽃대가 오른다. 길쭉한 꽃송이를 주먹 쥐듯 쥔 꽃대가 불끈 올라오는 것이다.

아, 저기 꽃의 잎사귀가 자랐던 일이 있었던가! 누구도 그 꽃이 필 때는 감탄하며 바라보게 된다. 그렇게 피는 꽃이 바로 상사화다. 상사화相思花. 서로 애달피 그리워하다가 상사병이 나고 만 꽃. 꽃은 잎사귀를 끝내 만나지 못하고 잎사귀는 또 꽃을 끝내 만나지 못하도록 되어 있다. 자연의 섭리치고서는 얄궂다 싶다.

며느리밑씻개

며느리밑씻개에도 아주 예쁘고도 사랑스러운 꽃이 피어난다.

어린 시절 나는 외할머니네 집에서 자랐다. 본래 외할머니에겐 무남독녀 외동딸로 우리 어머니 한 분밖에 없었다. 내가 세 살 되던 해 외할아버지마저 병으로 돌아가시자 서른여덟 젊은 나이로 홀몸이 되시었다. 가까이 친척이 있는 것도 아니어서 하는 수 없이 맏이인 내가 외할머니와 함께 살기로 했다. 네 살배기 어린아이가 무엇을 알기나 했을까.

그건 어른들이 일방적으로 결정해 그렇게 된 일이었다. 나는 실로 어린 시절 젊은 청상과부인 외할머니의 외동아들처럼 자랐다. 그런 만큼 사랑도 많이 받을 수 있었고 궁핍하고 힘든 세월인 데도 그런대로 편안하게 어린 시절을 보낼 수도 있었다. 그러나 집안의 분위기가 고적하고 활기가 없어 자주 외로움에 빠져서 지내야만 했다.

외할머니는 학교에 다니지 않은 분이지만 한글을 깨쳐 이야기책을 읽을 수 있는 분이었다. 밤이면 이야기책을 읽어 주시고 그것도 바닥이 나면 여러 가지 이야기를 들려주셨다. 그야말로 옛날이야기였다. 이로 해서 나의 문학적 기질이 길러졌는지도 모르는 일이다. 외할머니는 틈이 나면 이런저런 꽃 이름이며 나무 이름, 새 이름, 벌레 이름도 가르쳐 주셨다. 외할머니야말로 내가 세상에 나와 가장 처음 만난 가장 좋은 선생님과 같은 분이다.

외할머니가 가르쳐 주신 꽃 이름 가운데 하나가 바로 며느리밑씻개이다. 왜 꽃 이름이 며느리밑씻개인가? 이 풀은 풀숲 어디서나 잘 자란다. 넝쿨로 자라 다른 물체를 타고 기어 올라가기도 하는데, 세모난 이파리 아래에 보면 날카로운 가시가 나 있다. 줄기에도 역시 가시가 나 있다. 잘못 건드렸다가는 손에 상채기가 생길 수도 있다. 아마도 이 점에 착안하여 풀 이름을 며느리밑씻개로 지었는지 모르겠다.

'밑씻개'라면 용변을 보고 아래를 닦는 용지나 물건을 말한다. 아닌 게 아니라 예전 화장지가 없었을 때는 부드러운 지푸라기를 이용해서 뒤를 닦았고, 야외 같은 데에서 급할 때 더러는 커다란 나무나 풀 이파리를 따서 밑씻개 대용으로 삼기도 했었다. 그런데 이토록 이파리 아래에 가시가 촘촘히 나 있는 이파리를 가리켜 며느리밑씻 개라니!

여기에도 지난 우리네 사람들의 살아가던 모습이나 생각이 담겨 있음직하다. 말하자면 며느리를 미워하는 고약한 시어머니의 마음 씨가 고스란히 녹아 있다는 얘기다. 그러나 며느리밑씻개에도 아주 예쁘고도 사랑스러운 꽃이 피어난다. 연초록색 이파리 사이 아주 조 그맣고도 예쁜 분홍색 꽃이 줄기 끝에 매달려 피어난다. 여러 개 쌀 알이 매달려 있는 것 같기도 하다. 한 군데에 네다섯 개의 꽃이 뭉쳐 서 피어나는데, 꽃송이 끝 부분이 더욱 붉은 빛이어서 어찌 보면 부 끄럼 탄 새색시의 볼처럼 보이기도 한다.

비록 이파리와 줄기에 가시가 달려 있어 험악한 분위기를 자아내 는 풀이긴 하지만 그 꽃만은 아주 예쁜 것이 피어나는 게 신기한 느 낌이다. 며느리밑씻개를 그리다 보면 이파리가 특히 공격적으로 생 겼음을 알게 된다. 세모진 모양의 이파리가 마치 사마귀의 머리나 바다 밑 물고기인 가오리처럼 생겼다. 이 또한 자연의 한 신비다.

패랭이꽃

그 가슴에 넌지시 마음의 선물로 꽂아 주고 싶은 꽃이다.

패랭이는 옛날 사람들이 썼던 모자의 이름이다. 신분이 낮은 사람들이나 상을 당한 사람들이 주로 썼던 모자라 한다. 패랭이꽃. 패랭이를 닮은 꽃이란 말이겠다. 허, 여기서도 어김없이 사람들의 고집스러움이 읽혀진다. 하나의 비유 체계다. 비유 가운데서도 은유다. 처음엔 '패랭이를 닮은 꽃'이었을 것이다. 그것이 아예 '패랭이꽃'으로 굳어지고 말았다.

여름날 타박타박 시골길을 걸으며 심심하고 따분하여 풀숲을 기웃거리다 보면 더러는 붉은 빛깔의 조그만 꽃을 발견할 수 있다. 대개는 외대로 올라와 가지 끝에 동그란 꽃송이를 매다는 꽃. 가늘고 조보장한 이파리가 떠받치고 있는 꽃. 눈에 띄는 꽃이 별로 없는 시골 풀숲에 패랭이꽃은 단연 귀공자급이다. 초록색 일색으로 지루한 여름철의 그림에 긴장감을 선사하는 악센트이다. 상상력이 있는 사람들은 꽃 속에서 깝씬깝신 고개를 흔들면서 춤을 추는 장난꾸러기 한 아이를 만나기도 할 것이다.

요즘은 개량종이 나와 화분이나 정원에서 기르는 다양한 모양과 빛깔의 패랭이꽃이 나돌아 다니는 것을 보게 된다. 이러한 개량종 패랭이꽃을 좀 더 확대시키고 복잡화하면 바로 카네이션이 됨을 우리는 모르지 않는다. 패랭이꽃이야말로 인생살이에서 힘을 잃고 휘청거리는 다리로 가고 있는 한 사람에게 한 송이 꺾어 그 가슴에 넌지시 마음의 선물로 꽂아 주고 싶은 꽃이다.

함박꽃

부잣집 맏며느리감과 같은 느낌이 드는 꽃이다.

꽃을 좋아하는 사람들 가운데에도 꽃 이름과 실지로의 꽃을 정확하게 아는 사람이 별로 많지 않은 것 같다. 이런 면에서 사람들은 별로 긴급성을 요하지 않고 필요성을 갖지 않는 듯싶다. 흔히 사람들이 혼동하는 꽃 이름 가운데 하나가 함박꽃과 모란꽃이다. 함박꽃을 한자로 쓰면 작약芍藥이고 모란꽃을 또 한자로 쓰면 목단牧丹이다. 그런데 이 함박꽃을 모란꽃으로 잘못 아는 사람들이 있다. 실지로 꽃 모양에서 닮은 구석이 있다. 우선 꽃의 크기가 탐스럽고 크다는 데에서 그렇고 이파리 모양에서도 조금은 그렇다.

아닌 게 아니라 함박꽃과 모란의 연결 고리가 전혀 없는 건 아니다. 꽃을 기르는 사람들은 함박꽃 뿌리에 모란꽃 순을 접붙여 번식을 시킨다. 그러니까 함박꽃이 모란꽃의 어미가 되는 셈이다. 하지만 모란꽃은 떨기나무灌木, 관목이고 함박꽃은 숙근초宿根草다. 아주 많이 다른 것이다. 그리고 꽃을 조금만 주의를 기울여 바라보기만 해도 두 가지의 꽃이 완전히 다른 족보를 가졌다는 것을 쉽게 알게 된다.

함박꽃을 바라보고 있노라면 얼굴이 둥글고 몸집이 좋은 한 아낙네나 아가씨를 떠올리게 된다. 그런 여성을 보고 육덕(肉德)이 좋다 했던가. 요즘 사람들의 미적 감각과 옛 사람들의 미적 감각은 좀 달랐다. 얼굴이라도 길쭉한 얼굴이 아니라 둥그런 얼굴이 제일이었고, 몸집이라도 살집이 좀 있는 사람을 선호했다. 그래서 그런 여인들을 보고 부잣집 맏며느리감이라 했다.

정말로 함박꽃은 그렇게 부잣집 맏며느리감과 같은 느낌이 드는 꽃이다. 여름날 비가 구질구질 연달아 내리다가 조금 꺼끔한 어느 시간대, 우산을 받쳐 쓰고 누군가의 정원이라도 찾아가 함박꽃 앞에 서 보시라. 거기에서 당신은 옛날 우리들의 어머니의 어머니, 그 소싯적의 아리따운 모습을 만날지도 모른다. 댕기 머리 길게 늘어뜨린 둥그런 등판의, 나이 찬 한 새악시의 그 붉은 볼을 보게 될지도 모른다.

　정말로 함박꽃은 그 연분홍 소담스런 꽃송이 가득 빗방울을 뒤집어쓰고 수줍은 듯 웃고 있는 모습이 제격인 여름의 꽃이다.

양란

꽃들은 에로틱하다. 그러나 양란은 더욱 에로틱하다.

대전을지대학병원에서 더는 안 된다 그래서 어쩔 수 없이 옮긴 곳이 서울아산병원이었다. 그날은 2009년 5월 25일. 도살장에 끌려가는 짐승 같은 심정으로 찾은 병원이었다. 참으로 용하게 첫날에 병실을 얻어 입원한 날, 나는 거의 인사불성 상태였다. 내과적 치료로 도저히 안 된다 그러니 수술이나 한번 시원하게 받아 보고 죽자는 심정으로 찾은 병원이었다. 그러나 한국에서 제일가는 병원 가운데 하나라는 그 병원에서도 대답은 절망적이었다. 오죽했으면 의사들이 '앉아 있는 시한폭탄'이라 했을까.

그러나 새로 찾은 병원에서는 새로운 방법의 치료가 시작되었다. 아내와 나는 오직 병 치료에만 매달렸다. 바닥까지 내려갔던 체중이 조금씩 올라오면서 몸 상태가 좋아지고 있었다. 그러던 어느 날, 〈문학사상사〉로부터 신작 시집 출간에 대해 협의의 말이 있었다. 혹시 병 치료에 도움이 될지 모르니 시집을 내주자는 의견이 주변에 있던 선배 문인들 사이에 오갔던 모양이다. 그래서 입원하기 전에 보낸

시집 원고에다가 병상에서 쓴 작품을 보태어 새로운 시집의 출간이
진행되었다.

나는 시집 서문에다가 '하마터면 이 시집이 유고 시집이 될 뻔했
다.'라고 썼다. 시집 제작 과정에서 출판사의 팀장이 나더러 삽화를
몇 장 더 그려 줄 수 없느냐는 청이 왔다. 허, 이렇게 두 팔에 주사기
를 꽂고 105일 동안이나 밥 한술 물 한 모금 목구멍으로 넘기지 못하
는 사람더러 시집에 쓸 삽화로 쓸 그림을 그려 달라고? 야속한 생각

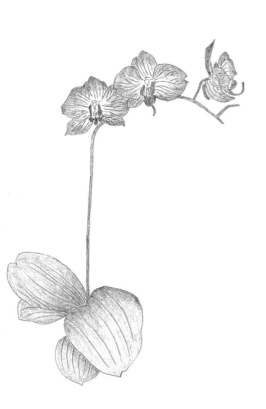

이 들었다. 그러나 일단은
그 말을 받아들이기로 했
다. 병실에 갇혀 있는 사
람이 무슨 재주로 그림을
그린단 말인가?

우선 나는 아내에게 부
탁하여 복사지를 구했다.
그리고는 연필을 꺼냈다.
대전의 병원에 있을 때 아
들아이가 가져다 준 머리
에 지우개가 달린 노란색
연필이었다. 병실 주변을
둘러보았다. 아무것도 그
릴 만한 것이 없었다. 무

엇을 그려야 하나? 두리번거리던 나의 눈에 화분 하나가 들어왔다. 그것은 빨간색 양란이 심어진 화분이었다. 누군가 병문안 온 손님이 환자를 위해 사다 놓은 화분인 것 같은데 간호사실 앞에 그냥 방치되어 있었다. 화분을 사다 준 사람은 큰맘 먹고 사다 준 물건이겠지만 목숨을 내놓고 앓고 있는 사람에겐 실상 처치 곤란한 것이 화분이다.

나는 일단 병실에 있는 접의자를 들고 나가 그 양란 화분 앞에 앉았다. 그리고는 돋보기를 고쳐 쓰고 양란을 바라보았다. 꽃이 여간 고혹적인 것이 아니었다. 대개 꽃들은 에로틱하다. 그러나 양란은 더욱 에로틱하다. 꽃 이파리도 육감적이지만 가느다란 꽃대도 여간 간드러진 것이 아니고 꽃송이는 무언가를 갈구하는 수준을 넘어 바라보는 사람의 내부 깊숙이 치고 들어오는 힘을 가졌다. 조금은 섬뜩하다 그럴까.

상당히 오랜 시간이 걸려 그림이 완성되었다. 물론 두 팔에 주사기를 꽂은 손으로 그린 그림이었다. 그림을 다 그리고 나니 기분이 여간 좋은 게 아니었다. 그것은 하나의 성취감이었다. 나도 할 수 있구나 싶은 자신감이었다. 오가는 환자들이며 간호사들이 흘깃거렸지만 아랑곳하지 않았다. 그런 다른 사람의 눈길을 의식할 여유조차 내게는 없었다.

샤스타데이지

장마철의 바람 속에 가느다란 몸을 뒤치던 꽃의 설레임이다.

양란을 그리고 나서 나는 병원 바깥에 나가 보고 싶은 생각이 들었다. 병실 안에서만 지내느라고 잊고 살았던 바깥세상이었다. 아내더러 한번 병원의 정원에 데려가 달라고 부탁을 했다. 아내를 따라 처음 병실 밖으로 나갔을 때 바깥 공기가 훅, 하고 달려들었다. 약간은 역겹다 그럴까, 비린내가 난다고 할까. 그러나 그것은 살아 있음의 냄새, 생명의 냄새 그것이었다. 처음엔 싫었지만 점점 그 냄새가 좋다는 느낌이 들었다.

병원의 정원에는 여러 종류의 나무와 꽃들이 자라고 있었다. 물론 요양

하는 환자를 위해서 가꾸는 식물들이었다. 처음 보는 나무들도 있었다. 계수나무와 모감주나무가 그랬다. 또 처음 보는 풀들도 있었다. 리아트리스, 물레나물, 수크령, 사사 같은 풀들이 그랬다. 이미 알고 있는 풀들도 내가 알고 있는 이름과 표찰의 그것이 다른 것도 있었다.

　바로 샤스타데이지(Shasta Daisy) 같은 꽃이 그것이었다. 샤스타데이지는 마거릿과 혼동되는 서양 꽃이다. 또 가을에 피는 우리나라 꽃 구절초와도 꽃 모양이나 색깔이 비슷해서 헷갈리는 사람들이 더러 있는 꽃이다. 그래서 사람들은 이 꽃을 보면 아, 가을에 피는 구절초가 여름에 피었구나, 그렇게 생각하기 쉽다. 심지어는 박용래 같은 시인도 「구절초」라는 시에서 '여학생이 부르면 마아가렛 / 여름 모자 차양이 숨었는 꽃 / 단추 구멍에 달아도 / 머리핀 대신 꽂아도 좋을 사랑아'라고 쓰고 있다.(샤스타데이지와 마거릿을 비교해 본다면 두 꽃 모두 구절초처럼 희고 둥근 국화꽃 모양인데, 굳이 구별한다면 샤스타데이지의 꽃잎이 쑥부쟁이처럼 길고 마거릿의 꽃잎이 좀 짧다. 또 잎 모양에서 샤스타데이지가 개망초처럼 생겼다면 마거릿은 쑥갓처럼 깊게 갈라졌다. 다같이 다년생이다.)

　나는 정원의 꽃들을 찬찬히 보고 다니다가 한 송이 꽃 앞에 멈칫섰다. 그것은 샤스타데이지였다. 꽃 모양이 정말로 구절초처럼 보였다. 그러나 길쭉하고 뭉뚱한 잎사귀가 구절초와 판이하게 달랐다. 물론 구절초에서는 쌉쏘름하기도 하고 국화꽃처럼 향긋한 냄새가 나지만 샤스타데이지에서는 그런 냄새가 나지 않았다.

나는 환자복 주머니에 넣어 가지고 온 연필과 지우개를 꺼내 복사지에 그 꽃을 옮겨 그리기 시작했다. 마침 장마철이었던가. 습기 머금은 바람이 몹시 불고 있었다. 잔뜩 흐린 하늘에서는 금방이라도 빗방울이 후두둑 떨어질 것 같았다. 제법 세찬 바람에 샤스타데이지가 자꾸만 몸을 비틀었다. 쉽게 그 모습이 눈에 들어오지 않았다. "야, 이 녀석아, 가만히 좀 있어라. 그래야 내가 너를 그릴 수 있지." 나는 여러 차례 꽃을 달래며 겨우 종이에 옮겨 올 수 있었다.

　실상 샤스타데이지는 복잡한 모양을 가진 꽃이 아니다. 그러나 특히 꽃잎을 그리기가 쉽지 않았다. 비슷한 것 같으면서도 이파리 하나하나가 달랐다. 길이도 다르고 모양새도 달랐다. 지금도 이 그림을 보고 있으면 습기를 잔뜩 머금은 6월 장마철의 바람 속에 가느다란 몸을 뒤치던 꽃의 설레임이 오늘의 것인 듯 느껴진다.

탐라산수국

보랏빛 꽃은 유독 그리움과 더불어 신비감까지를 느끼게 한다.

수국은 여름철에 피는 꽃이다. 그래서 이름조차 물 水자, 국화 菊
자인 水菊수국이다. 그리고 풀꽃이 아니고 키가 작은 떨기나무다. 그
렇다고 나무줄기가 올곧게 뻗는 것도 아니고 가지가 튼실하게 자라
는 것도 아니다. 여러 줄기가 땅에서 나와 마치 수풀처럼 자란다. 이
런 점은 모란도 비슷한 형편이다.

수국은 꼭 비가 자주 내리는 계절인 장마철을 전후해서 꽃을 피운
다. 한 송이에 여러 개의 작은 꽃송이가 엉켜서 마치 둥근 하나의 공
처럼 꽃이 피어난다. 꽃의 모양으로 치면 참 별난 꽃이라 할 것이다.

병원 뜨락을 서성이면서 나는 수국꽃 비슷한 꽃인데 이상한, 처음
보는 꽃을 보았다. 키가 아주 작은 나무인데 진한 보랏빛 꽃이 자글
자글 피어 있었다. 푯말을 보니 '탐라산수국'이라 되어 있었다. 수국
가운데서도 산수국이고, 산수국 가운데서도 제주도에서 자라던 산
수국인가 싶었다. 갸름한 이파리 사이로 빠끔히 얼굴을 내밀고 사람
을 쳐다보는 꽃이 여간 귀엽고 사랑스런 게 아니었다. "아저씨, 나

여기 있어요. 나도 아저씨를 첨 보는데 아저씨도 나를 첨 보지요?"
쫑알쫑알 그렇게 말하는 것 같았다.

　진한 보랏빛 꽃이었다. 모든 꽃들은 그렇게 그 모양도 모양이지만
색깔로 자기의 마음을 표현한다. 붉은 꽃은 뜨거운 마음, 열정의 표
현이다. 노랑의 꽃은 인내 혹은 마음의 평안으로 온다. 그런가 하면
파랑은 머나면 그리움을 알게 하고 보랏빛 꽃은 유독 그리움과 더불
어 신비감까지를 느끼게 한다. 바로 탐라산수국이 그러한 꽃이었다.
정말로 나는 그 꽃을 그려 보고 싶었다. 그래서 여러 차례 그 꽃을 그
렸다.

　꽃을 그리다 보니 무더기무더기로 꽃이 피어 있는데 나름대로 하
나의 구도가 있음을 알게 되었다. 일단 가장자리에 넓은 이파리를
가진 꽃이 원처럼 빙 둘러 서 있다. 이파리가 네 잎에서부터 다섯 혹
은 여섯으로 구성되어 있다. 그리고 그 넓은 꽃잎을 가진 꽃의 중앙
부분에 아주 작은 꽃들이 무리 지어 피어 있음을 본다. 정말로 그것
은 너무나도 작은 꽃이다. 그런데 그 작은 꽃들은 더욱 진한 보랏빛
을 띄고 있다. 그래서 햇빛이 비치면 반짝이기도 한다. 마치 그것은
펄이 들어간 보석처럼 보이기도 한다.

　나중에 알고 보니 둘레에 빙 둘러 서 있는 꽃송이에서 넓게 보이는
꽃잎은 실은 꽃잎이 아니라 꽃받침이었다. 돋보기를 쓰고서도 잘 보
이지 않을 만큼 작고 진한 보랏빛 탐라산수국의 꽃들은 그때 나에게
무어라고 말해 주고 있었을까? 상당히 많은 용기를 그 꽃으로부터

받았던 것이 사실이다. 때로 말 없는 꽃들이 사람보다 더 큰 덕성으로 보여질 때가 있다.

† 그림의 가운데 부분에 있는 아주 작은 꽃들이 진짜 꽃, 유성화有性花이고, 가에 둘러싼 커다란 꽃들이 가짜 꽃, 위화僞花, 무성화無性花라는 걸 알게 된 것은 또 그 뒤, 한참 지나서이다.

야생 장미

그 소망과 기쁨과 열정의 중심에 야생 장미꽃이 있었다.

병실에서 양란 그림을 그리고 병원 뜨락에서 몇 가지 꽃 그림을 그려서 시집 삽화용으로 출판사에 보내고 나서 나름대로 그림에 대한 관심이 더 늘었다. 병원 생활은 많이 따분하다. 그건 생활이 아니고 생존이다. 그냥 숨을 쉬니까 살아 있는 인간이지 제대로 사는 인간의 삶이 아니다. 물건으로 치면 하자가 있어 리콜된 물건이나 마찬가지다.

대부분이 아파서 신음하는 시간이고 나머지는 자는 시간이고 의사나 간호사를 기다리는 시간이다. 기쁨이 없다. 생에 대한 긍정도 없다. 그러니 감사가 있을 까닭이 없다. 그러나 그림을 그리면 일단 시간이 빨리 간다. 몰입하게 된다. 그림 그리기는 하나의 명상의 과정과 같다. 저절로 정신이 맑아지고 깨끗해지는 느낌을 받는다. 어디라 없이 붕 뜬 것 같은 환각에 빠지기도 한다.

처음엔 아내도 나의 그림 그리기에 부정적인 생각을 가졌었다. 그러나 하도 내가 열중하게 되고 몰입하게 되고 아프다는 말, 지루하

다는 말을 하지 않고 잘 견뎌 내는 걸 보고 나의 그림 그리기에 호감을 갖게 되었다. 그러던 어느 날 아내는 아침 산책길에 나갔다가 야생 장미 한 송이를 꺾어 가지고 왔다. 사람들이 이상하게 볼 것을 예상하여 바지 속에 숨겨 가지고 오는 조심성을 보이기도 했다.

나는 기쁜 마음으로 아내가 꺾어 다 준 야생 장미를 앞에 두고 열심히 그림을 그렸다. 언제든 꽃 그림을 그리려면 오랫동안 꽃을 바라보는 과정이 선행되어야 한다. 그렇게 하여 그 꽃의 형상이며 빛깔이며 꽃에 대한 느낌까지가 오로지 내 것이 되어야 한다. 어떤 의미에서 꽃 그림은 실지로의 꽃이 내 눈을 통해 나의 내부로 들어왔다가 종이로 천천히 빠져나가는 지극히 조심스런 과정을 거친다.

내가 꽃이 된다는 사실! 꽃이 나의 내부로 들어왔다가 다시 밖으로 나간다는 사실! 그것은 은밀한 하나의 제의祭儀와 같은 과정이다. 그것은 번번이 신비한 체험을 나에게 선사해 준다. 특히 야생 장미는 그 모양이 꽃집에서 파는 장미와는 다르다. 정제된 모양이 아니고 그냥 생긴 모양 그대로다. 억세다. 사납다. 사납고 억센 야생 장미를 그리면서 나도 조금씩 야생 장미다운 야성의 힘을 본받게 된다. 이 얼마나 놀랍고도 고마운 노릇인가! 야생 장미 그리기는 그 어떤 약보다도 나에게 좋은 약이 되어 주었다.

그런 의미에서 그 모진 병고의 질곡에서 나를 살려 낸 것은 소망이라고 생각한다. 그리고 기쁨이라고 생각한다. 무엇보다도 생에 대한 뜨거운 열정이 나를 건져 주었다고 생각한다. 그 소망과 기쁨과 열정의 중심에 야생 장미꽃이 있었다고 오늘에 와 나는 말하고 싶다.

물레나물
꽃의 빛깔은 또 얼마나 곱고도 예쁘던지!

　역시 아산병원 뜨락에서 처음
만난 꽃이다. 화단을 조성하고
옮겨 심은 지 얼마 되지 않아서
그런지 벌건 흙바닥에 듬성듬성 꽃들이 자라고 있었다. 물레나물,
역시 처음 들어보는 이름이었다. 실하게 자라지 못한 나무는 곧추
줄기를 세우지도 못하고 흙바닥에 몸을 눕히고 있었다.

　이파리가 길쭉한 타원형이고 연초록색이 여간 부드럽게 생기지
않았다. 또 외줄기 끝에 매달린 달랑 한 송이의 꽃이 여간 소담스럽
지 않았다. 꽃잎은 모두 다섯 장. 역시 이파리처럼 부드러운 타원형
으로 되어 있었다. 꽃의 빛깔은 또 얼마나 곱고도 예쁘던지! 그것은
병아리색 진노랑이었다. 그리고 꽃송이 안에는 아주 고운 꽃술이 가
득 모여 있었다.

　나는 꽃이 핀 여러 개의 물레나물을 둘러보다가 그 가운데에서 하
나를 종이에 옮겨 오기로 했다. 그러나 나는 꽃의 모양을 누워 있는

그대로 그리기로 했다. 옆으로 비스듬히 누워 있는 꽃의 모양이 여간 안쓰러운 게 아니었다.

'지고 가기 힘겨운 슬픔 있거든 / 꽃들에게 맡기고 // 부리기도 버거운 아픔 있거든 / 새들에게 맡긴다'

이것은 병원 생활 하는 도중에 낸 나의 스물일곱 번째 시집 『꽃이 되어 새가 되어』 표제시가 된 시의 앞부분이다. 정말로 그때 나는 나의 목숨이 너무 힘들고 무거웠다. 이 세상 사람 가운데는 아무도 나의 고통과 슬픔과 절망을 맡아 줄 사람은 없다고 생각했다. 그래서 차라리 꽃이나 새들한테 맡기면 어떨까 하는 생각이 절실했다. 그 시절 내 앞에 있던 꽃들은 그냥 꽃이 아니라 나의 최후의 친구이자 이웃이고 보호자 같은 존재였다.

리아트리스

그 꽃을 '꼬치꽃' 이라고 이름 지어 부르곤 했다.

병원 생활이 길어지면서 나보다는 아내가 더 힘들어 했다. 나는 병원의 침대에 제대로 누워 의사와 간호사의 지시대로 약 먹고 검사받고 주사 맞는 환자였지만, 아내는 병원 침대에 딸린 쪽침상에 6개월 가깝게 누워 지내며 노심초사 하루하루 피 말리듯 보냈으니 그 고초가 얼마나 컸을까. 정말로 아내가 더 환자였다.

자질구레하게 온갖 병을 다 챙겨 갖고 있었다. 소화불량, 불면증, 불안증, 우울증, 변비 등등. 게다가 병원 안이 여름철인지라 냉풍으로 통제되어 있어서 온몸이 쑤시고 걸리는 냉방병까지 걸려 있었다. 나중에는 온몸이 팅팅 부어올라 딴 사람처럼 보였다.

이거 어찌한다? 오직 방법은 내가 빨리 병이 나아 병원 밖으로 나가는 길밖에 없었다. 그러나 그것이 쉽게 이루어지지 않으니 어쩐단 말인가! 우리는 답답한 병실을 조금이라도 벗어나고 싶어 자주 병실 밖 정원으로 나갔다. 키가 큰 나무들이 우뚝 서 있는 정원. 여러 가지 풀과 나무들이 어울려 꽃을 피우는 정원.

정원에는 기다란 나무 의자가 여기저기 놓여 있었다. 환자들과 방문객들을 위해 만들어 놓은 의자들이다. 아내와 나는 그 의자에 자주 가서 앉아 있었다. 때로는 내가 아내의 무릎을 베고 눕기도 했지만 아내가 내 무릎을 베고 눕기도 했다. 기다란 의자가 잠시 우리들의 떠나온 집이 되기도 했던 시간이 여러 날이었다.

기다란 나무 의자 너머로는 꽃들이 피어 있었다. 그 가운데서도 보랏빛 꽃들이 유난히 눈에 들어왔다. 그건 키가 아주 큰 꽃나무인데, 키대로 자라 그 가느다란 몸통에 길쭉한 이파리를 층층이 달고 끝부분에 아주 작고 많은 꽃들을 주저리주저리 달았다. 어떤 것들은 이미 진 꽃들과 피어 있는 꽃들이 서로 엉켜 마치 헝클어진 사람의 머리칼처럼 보이기도 했다.

무슨 꽃일까? 푯말에는 '리아트리스'라고 쓰여 있지만 나는 나 혼자서 그 꽃을 '꼬치꽃'이라고 이름 지어 부르곤 했다. 언뜻 보면 그건 포장마차 같은 데서 만들어 파는 꼬치안주처럼 보였던 것이다. 바람이 불어오면 '꼬치꽃'은 제 가느른 몸을 살랑살랑 흔들면서 내게 인사라도 하는 듯싶었다. 우리가 앉아 있는 그 너머 다른 의자에는 젊은 남자와 여자 두 사람이 마주 앉아 무슨 이야기가 그리도 재미있는지 깔깔거리는 모습이 보였다.

그들은 한 개의 아이스크림을 둘이서 번갈아 나누어 베어 먹으며 마냥 즐거워하고 있었다.

꼬리풀

정말로 아는 체 꼬리를 흔들어 주었다.

누구에게나 인간에게는 한계가 있게 마련이다. 체력에도 한계가 있고 정신력에도 한계가 있다. 인내심 많은 아내, 희생 정신이 강하고 가족애가 남다른 아내. 그런 아내한테도 기나긴 병원 생활은 더는 견디기 어려운 시련이었다. 병원 안에서 가쁜 숨을 몰아쉬는 날들이 많았다.

그럴 때면 나는 아내를 달래어 밖으로 나가곤 했다. 나가서는 아내를 휠체어에 태우고 이곳저곳을 쏘다녔다. 사람들이 그런 우리를 보고 피식피식 웃었다. 환자복을 입은 사람이 평상복을 입은 보호자를 휠체어에 태우고 다니니 환자와 보호자가 거꾸로 되었다는 생각에서 그랬을 것이다. 그러나 우리는 그런 사람들의 눈길에는 아랑곳하지 않았다. 그렇게 병원 안에서 우리는 언제나 상황이 급박했고 체면을 차릴 만한 여유가 없었다.

여름철의 한복판이라 그랬던지 매미들이 많이 울었다. 그것은 참말로 유난히도 많은 매미 울음소리였다. 매미 울음소리의 산이요 수

풀이요 강물이었다고나 할까. 매미 울음소리는 악착스럽게 들렸다. 누군가 원한에 사무친 무리들의 항변 같았고 때로는 욕설 같기도 했다. 우리는 가끔 매미 울음소리의 강물에 몸을 띄우는 심정으로 멍하니 정원 한구석에 앉아 있곤 했다. 마치 그것은 바다 한가운데 외롭게 떠 있는 무인도 같았다고나 할까.

그러나 나는 그 매미 소리가 그다지 싫지가 않았다. 지루한 병원

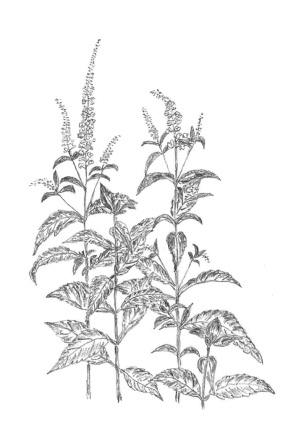

생활 가운데 매미 소리가 차라리 나름대로 위로가 되어 주었다. 어떤 때는 매미 소리의 강물에 스며들듯 매미 소리에 파묻혀 망연히 있는 시간들이 편안하고 좋았다. 그럴 때마다 우리 앞에 피어 있는 꽃들이 있었다. 그 꽃 역시 처음 보는 꽃이었다. 언뜻 보기엔 보통의 풀 같은데 그 끝에서 가늘고 긴 꽃들이 피어났다.

마치 짐승의 꼬리 같았다고나 할까. 정말로 그것은 말이나 소의 꼬리같이 보였다. 그래 저 꽃의 이름은 내 멋대로 '꼬리풀꽃'이다, 나는 그렇게 이름을 지어 버렸다. '꼬리풀꽃아, 안녕?' 그러자 꼬리풀이 정말로 아는 체 꼬리를 흔들어 주었다. 물론 그건 바람에 가느다란 풀꽃이 흔들려서 그런 것이지만 감성적으로 나는 그렇게 느끼곤 했던 것이다.

그 꼬리풀꽃 앞에서 많은 날들을 보냈다. 때로는 그림을 그리기도 하고 편지를 쓰기도 했다. 2007년 7월 26일, 이해인 수녀 시인이 문병을 온다고 갑자기 연락을 했을 때에도 나는 그 꼬리풀꽃 앞에 앉아 있었다. 그래서 마침 그리고 있던 풀꽃 그림에 사인을 해서 이해인 수녀 시인에게 선물하기도 했다.

드디어 퇴원이 가까워진 날, 제일 먼저 찾아가 인사를 나눈 것도 이 꼬리풀꽃들이었다. '그러나 꼬리풀들아, 나도 이젠 이곳을 / 떠날 때가 가까웠단다 / 그동안 즐거웠고 고마웠단다 / 꼬리풀들아, 정말로 안녕!' 이렇게 시에 써 넣기도 했다.

안투리움

바라보고 있는 사람으로 하여금 안쓰러운 느낌이 들 것만 같게 하는 그런 꽃

오늘 죽을지 내일 죽을지도 모르는 환자에게 꽃 선물은 별로 기쁜 일도 아니고 필요한 일도 아니다. 꽃을 선물하면 환자가 좋아질 것이라고 생각하는 것은 오로지 성한 사람들, 병원 밖에 있는 사람들의 독단일 뿐이다. 정말로 오늘 죽을지 내일 죽을지 모르는 사람에게 꽃이 무슨 소용이 된단 말인가. 평소 시를 쓰는 사람이니 꽃을 좋아할 것이라고 여기는 것은 정말로 자기들 입장에서만 그런 것이다.

환자가 꽃을 받는다는 건, 글쎄 서양 사람들은 모르겠지만 우리 한국 사람들 정서로는 쓰레기를 받는 거나 마찬가지다. 특히, 백합꽃을 선물하는 건 치명적이다. 가령 호흡기 질환 환자에게 백합꽃을 선물해 보시라. 그건 병을 거슬리는 일에 다름이 아니다. 꽃이란 것도 때와 장소에 따라 그 소임과 가치가 주어지는 것이다.

안투리움(Anthurium)은 이름조차 낯선 꽃이다. 우리나라의 꽃도 아니고 서양의 꽃이다. 전하는 바로는 아메리카 열대지역이 원산인 친구다. 오래 전부터 알고 있던 것도 아니다. 언젠지도 모르게 누군가 일

러 주어서 아슴아슴 그 이름만 기억나는 꽃이지 싶다. 처음 내가 들은 이름은 '안투리움'이 아니라 '안씨리움'이었다. 흔히들 꽃집에서 그리 불렀던 모양이다. 그런데 병원에 엎드려 있던 어느 날, 병문안온 방문객들이 사 들고 온 꽃 가운데 이 꽃이 있었다. 그것도 글을 쓰는 여성 문인들이 들고 온 선물이었다.

그날 나는 그 꽃을 기쁘게 받았다. 어쩌면 그때 내가 병줄을 조금씩 놓고 좋아지기 시작한 단계라서 그랬을 것이다. 화분에 들려 온 꽃인데 여간 예쁜 모습이 아니었다. 길쓱한 이파리의 모양새나 꽃의 모양새가 비슷하게 보였다. 다만 다른 점이 있다면 이파리가 진녹색인데 비하여 꽃은 진한 빨강이란 점이다. 손바닥처럼 펼쳐진 꽃송이 안에 솟아오른 꽃술이 또 특이했다. 마치 그것은 가느른 옥수수를 벗겨 놓은 것처럼 되어 있었다.

참 별난 꽃도 다 있구나. 나는 안투리움을 보면서 한번 그려 보고 싶다는 생각을 강하게 가졌다. 그래서 꽃을 사 가지고 온 방문객들에게 꽃을 그려 우편으로 보내 주마 약속까지 했다. 안투리움은 매우 낯설고 서툰 꽃이지만 나에게 행운을 가져다 준 꽃이다. 질병의 기나긴 통로에서 헤어 나올 때 만난 꽃. 짙붉은 꽃송이가 마치 제 이파리처럼 생긴 꽃. 꽃집 사람들은 왜 안투리움을 안씨리움이라 불렀을까? "안씨리움, 안씨리움…." 어쩐지 안투리움은 바라보고 있는 사람으로 하여금 안쓰러운 느낌이 들 것만 같게 하는 그런 꽃이다.

비비추

키가 작고 이파리가 넓고 꽃송이가 아주 예쁘고 앙증맞았다.

오늘 하루도 내게 아무런 일도 일어나지 않았다. 이 얼마나 다행스런 일인가. 오늘도 하루 평온한 가운데 고요히 하루해가 저물고 저녁시간이 되었다. 이 얼마나 고마운 어둠인가. 오늘도 하루 세 끼니 밥을 먹고 깨끗한 물을 마시고 숨을 잘 쉬기도 했다. 이 얼마나 감사한 노릇인가. 이렇게 너무나도 당연하고 당연한 일들을 당연하지 않게 받아들이고 다행스럽게 고맙게 감사하게 여기는 내 자신이 또한 얼마나 놀라운 일인가.

결코 이전에는 몰랐던 일이다. 병을 얻고 죽음의 문턱까지 가 보고, 병원 관계자들로부터 하루 이틀 넘기기도 힘들겠다는 마지막 통고를 받고 난 뒤에야 얻은 깨달음이요 행복이다. 사람은 이렇게 제가 가진 것을 잃어 보고 나서야 제가 가진 것의 고마움을 알게 되고 벼랑 끝에 서 보아야만 제 발밑을 제대로 볼 줄 아는 마음의 눈과 귀가 있다. 이 어리석음이여! 얄궂은 아이러니여!

병원 뜨락에서 만난 또 다른 꽃, 비비추. 그동안 보아 오던 비비추와는 다른 비비추였다. 키가 작고 이파리가 넓고 꽃송이가 아주 예쁘고 앙증맞았다. 매우 사랑스러운 꽃이었다. 꽃의 색깔만은 다른 비비추와 같이 연보랏빛이었다. 모르긴 해도 개량종 비비추였던 모양이다.

비비추 앞에 자주 앉아 있는 날들이 있었다. 한동안 비비추를 바라보고 있으려면 비비추가 내게 말을 거는 것 같았다. "아저씨는 누구

세요?" "나 말이냐? 나는 아픈 사람이란다." "아저씨 소원은 뭐예요?" "내 소원? 나는 병이 나아 이 병원을 벗어나는 것이란다." "그리고 또요?" "응, 우리 집으로 돌아가는 거란다. 그리고 내가 살고 있는 공주의 거리를 아무 일도 없이 천천히 걸어 보는 것이란다." "그러시군요. 아저씨 소원은 꼭 이루어지실 거예요."

그런 날이면 나는 이렇게 외마디 말로 기도를 하곤 했다. "고통 속에서도 평범하고 고요로운 행복을 주시는 하나님, 감사합니다."

무궁화
이렇게도 품위 있고 아름다운 꽃이던가?

병원의 높은 층 커다란 유리창을 통해 바라보는 세상은 언제나 드넓고 까마득 멀고 아름다웠다. 그야말로 마음만 애달픈 풍경이었고 손 안 닿는 아름다움이었다. 어찌하나? 어찌하나? 그런 조바심이 순간순간 일었다.

그러던 어느 날 나는 비칠거리는 발걸음을 이끌고 바깥나들이를 시도했다. 오늘은 이만큼만 갔다가 돌아오고, 다음날은 더 멀리까지 갔다가 돌아오고, 그런 식으로 해서 거리를 늘려 나갔다.

늘 유리창 너머 궁금한 풍경이 있었다. 통유리창을 통해서 보면 멀리 수평선으로 그어진 둑길이 보였다. 그리로 사람들이 오가는 모습이 무척 평화스러웠다. 어떤 때는 자전거를 탄 사람들이 무리 지어 가기도 했다. 나도 저들처럼 얼른 나아서 자전거를 타고 멀리까지 가 보고 싶었다.

그 너머에 서울 지하철 2호선 성내역이 있다고 했다. 그리로 아들아이가 오고 딸아이도 온다고 했다. 성내역이란 어떤 곳일까? 매우

신비스럽게 느껴졌다. 성내역에도 가 보고 싶었다. 그래서 아내한테
허락을 받고 조촘조촘 둑길이 있는 곳으로 발길을 향했다.

　휘청거리며 계단을 밟아 둑길 위에 올라섰을 때 나는 소리쳐 외치
고 싶었다. "아, 내가 여기까지 나왔다. 내가 얼마나 장한 일을 해냈
는가." 그러나 지나가는 사람들 누구도 나를 눈여겨보아 주는 사람
은 없었다. 병원 주변에서 흔해 빠진 게 환자복 입은 사람들이 아니
겠는가.

　둑길 위에 올라보니 후욱, 습기 머금은 더운 바람이 느껴졌다. 때
는 7월도 중순, 한창 무더울 때였다. 개망초꽃들이 피어 있었다. 달
맞이꽃들도 피어 있었
다. 개망초꽃과 달맞이
꽃 위로 잠자리들이 벌
써(?) 날아다니고 있었
다. 아, 저 잠자리들을
내가 보지 못하고 죽을
뻔했지 않았는가. 그렇
게 생각하니 잠자리들
도 반가웠다. 잘 있었구
나. 잘 있어 줘서 고마
워. 나는 잠자리들에게
도 손을 흔들어 인사를

해 주고 싶었다.

다시 보니, 둑길 위에 무궁화꽃들이 줄지어 피어 있었다. 아주 소담스런 무궁화꽃이었다. 어렸을 때 시골에서 자주 보았던 그런 재래종 무궁화. 나는 무궁화꽃을 그려 보고 싶었다. 그날은 연필과 종이를 준비하지 못했기 때문에 무궁화를 그리지 못했다. 다음날은 아예 무궁화꽃을 그려 볼 요량으로 둑길로 나갈 때 플라스틱 의자를 하나 들고 올라갔다.

무궁화꽃 앞에 플라스틱 의자를 바짝 가져다 놓고 나는 거기에 앉아 무궁화꽃을 그리기 시작했다. 처음으로 그려 보는 무궁화꽃 그림이었다. 꽃 이파리의 모양을 찾아내어 그대로 종이에 옮기기가 쉽지 않았다. 한 송이 두 송이, 종이 위에 꽃이 피어날 때 내 마음도 피어나고 있었다. 아, 무궁화꽃이 이렇게도 품위 있고 아름다운 꽃이던가? 무궁화꽃은 그 중심의 꽃술이 더욱 예쁘고 고귀하게 생긴 꽃이다. 사람의 마음이 있다면 어쩌면 무궁화의 꽃술을 닮지 않았을까, 그런 생각들로 한나절 나는 충분히 행복해도 좋았다.

개망초
언제부턴가 우리나라 산과 들을 장식하는 여름 풀꽃

　개망초는 우리나라 산과 들, 어디서나 손쉽게 만날 수 있는 풀꽃이다. 가장 흔한 풀꽃 가운데 하나다. 봄에 싹이 나고 자라 초여름, 그러니까 6월 말이나 7월 초쯤에서 새하얀 꽃이 피어난다. 내가 어렸을 때는 풍년초라고 불렀다. 왜 풍년초라고 불렀는지는 모르는 일이다. 그런데 어른들이 피우는 담배 가운데 '풍년초'란 이름의 담배가 있었다. 어쩌면 이 담배 이름과 꽃 이름이 관계가 있지 않았을까? 담배가 귀하던 시절 어른들은 가끔 개망초 이파리를 따다 말려 담배 대용으로 피우기도 했다니까 말이다.

　개망초는 나물로도 유용하게 쓰인다. 이른 봄에 싹이 나 연하게 자란 개망초 이파리를 따다가 솥에다 넣고 삶아 한동안 떫은맛을 우려낸 다음, 고추장 같은 양념에 버무려 나물을 해서 먹으면 별난 맛이 난다. 그렇게 삶은 나물을 그늘에 말렸다가 겨울철에 나물로 해서 먹어도 좋다. 그래서 어른들은 이 개망초를 '풍년초나물'이라고도 불렀던 것 같다.

그런데 세월이 한참 지나 내가 나이를 먹고 학교 선생으로서 교감을 할 때 보니까 아이들은 이 꽃을 '계란꽃'이라고 부르고 있었다. 웬 계란꽃? 조금은 엉뚱하다 싶어 아이들한테 물어보았다. 그랬더니 꽃의 모양이 계란을 닮아서 저희들끼리 그렇게 부른다는 것이었다. 어떻게 계란을 닮았을까? 정말로 꽃의 모양이 계란과 비슷했다. 계란을 깨어 그릇 같은 곳에 담았을 때의 모습과 닮아 있었다. 가운데 동그랗고 노란 부분은 계란의 노른자와 비슷하고, 가에 둘러싼 새하얀 꽃잎들이 또 계란의 흰자같이 보이기도 했다. 풍년초, 담배나물, 개망초, 계란꽃. 참 한 가지 꽃을 두고 사람에 따라 시대에 따라 여러 가지 이름으로 불렀구나 싶다.

개망초는 본래 우리나라 꽃이 아니다. 망초, 큰망초, 실망초 등과 함께 북아메리카 원산으로 귀화식물이다. 아마도 미국 사람들에 의해서 들어왔거나 일본을 통해서 들어왔을 것이다. 그러나 개망초는 언제부턴가 우리나라 산과 들을 장식하는 여름 풀꽃이 되었다.

꿀풀

방망이꽃. 얼마나 사랑스런 꽃 이름인가.

　　병원에서 퇴원을 하고 이어서 정년 퇴임을 하고 집에서만 지낼 때다. 부실한 몸을 추스르며 살고 있었다. 날마다 아내와 함께 산을 찾았다. 산이래야 대단한 산이 아니다. 집 근처에 있는 산이다. 사는 곳이 산이 많은 고장이고 보니 아파트 마당을 나서 조금만 발길을 돌리기만 하면 바로 산길이 나오도록 되어 있다.

　　조그만 고개를 넘어 '뱁새울' 이라는 산골 마을을 가로질러 올라가면 그런대로 잘 다듬어진 등산로가 나오도록 되어 있다. 아내와 나는 날마다 일과처럼 그 산길을 오르내렸다. 산길을 오르내리다 보면 여러 가지를 볼 수 있어서 좋았다. 산골의 비탈진 땅을 개간해 농사짓는 밭도 볼 수 있고, 밤나무 과수원도 볼 수 있고, 알 수 없는 누군가의 무덤을 만날 수도 있어서 좋았다.

　　그 길 위에 피어 있는 꽃이 바로 꿀풀꽃이었다. 한두 송이가 아니라 아주 많은 꽃들이 어울려 피어 있는 군락지였다. 5월이 지나면서 6월 한동안 꽃은 줄기차게 피었다. 드물게도 보랏빛 꽃이었다. 한참 뒤에는 갈색으로 변하고 있었다. 꼭 아이들이 가지고 노는 장난감 방망이 같은 모습을 하고 있었다. 나는 내 맘대로 그 꽃 이름을 '방망이꽃'이라고 이름 지어 부르기도 했다. 방망이꽃. 얼마나 사랑스런 꽃 이름인가.

그런데 어느 날 밤나무 과수원을 하는 주인이 밤나무 밭에 제초제를 뿌리면서 꿀풀꽃 군락지에도 제초제를 뿌리고 말았다. 나무 수풀 아래 산길을 보랏빛으로 물들이던 풀꽃들이 삽시간에 누렇게 죽어가고 있었다. 너무나 속이 상했다. 그래서 한동안 그 길을 버리고 다

른 길로 돌아서 산길을 오르기도 했다. 한 사람에게 아름다운 꽃으로 보이던 꿀풀꽃이 다른 한 사람에겐 제초제를 뿌려 죽여야만 할 만큼 무익한 그 무엇으로 보였던 모양이다. 답답한 일이다.

† 꿀풀은 하지쯤이면 시든다
해서 하고초夏枯草라고도 부르
며, 한방에서 약용으로 쓰이기
도 한다.

나팔꽃

말 없는 말로 끊임없이 삶의 용기를 북돋워 주는 그런 꽃이다.

여름철에는 의외로 꽃이 많지 않다. 그 가운데 나팔꽃은 대표적인 여름 꽃이다. 주로 빨간색, 진한 보라색으로 피어난다. 무덥고도 지루한 여름밤을 지내고 눈부신 아침이 오면 햇빛 속에 피어나는 꽃이다. 왜 나팔꽃인가? 꽃의 모양이 나팔 모양을 닮았다 해서 나팔꽃일 것이다. 꽃의 꼬투리 부분에서부터 좁고 가느다란 꽃의 주둥이가 끝으로 갈수록 넓어져서 나중에는 나팔처럼 퍼져 있다.

마치 금관악기인 트럼펫이나 트롬본의 주둥이처럼 그렇다. 정말로 꽃의 주둥이에 귀를 대고 들어 보면 '또, 또, 따, 따', 드높은 나팔소리라도 들릴 듯한 꽃이다. 무척이나 동화적인 꽃

이름이라 그럴까.

나팔꽃은 넝쿨 줄기로 되어 있다. 그래서 다른 물체를 타고 올라가면서 자라도록 되어 있다. 한사코 위쪽으로 올라가면서 줄기를 뻗고 이파리를 내어 꽃을 피우는 나팔꽃을 바라보고 있으려면 나팔꽃이 무척이나 안쓰럽다는 느낌이 든다. 마치 그것은 생존 경쟁에서 살아남기 위해서 하루하루를 싸우듯이 살아가는 도시인의 고달픔을 보는 듯싶기도 하다. 그래서 정말로 나팔꽃 속에서는 누군가의 안타까운 절규가 들리는 듯싶기도 하다.

어쨌든 나팔꽃은 안쓰럽고도 아름다운 꽃이다. 포기하지 말라! 절대로 포기해서는 안 된다! 나팔꽃은 우리에게 말 없는 말로 끊임없이 삶의 용기를 북돋워 주는 그런 꽃이다.

나팔꽃 덩굴에 두레박 휘감기어 물 얻어 온다

― 치요조千代女의 하이쿠

이것은 일본의 한 여성 시인이 나팔꽃을 소재로 하여 쓴 하이쿠 한 수이다. 하이쿠는 세계에서 가장 짧은 형식의 시로, 17자로 구성된 일본의 정형시이다. 저걸 어쩌나! 어젯밤 사이 우물가 나팔꽃 넝쿨이 두레박 줄을 휘감아 두레박으로 자기네 집 샘물을 길어 올리지 못했나 보다. 그래서 옆집에서 물을 얻어 왔다는 시인의 말씀. 위의 시에는 여성 시인의 나팔꽃을 사랑하는 마음이 잘 나타나 있다.

4부

너도 그렇다

풀꽃들의 생애는 아주 짧다. 소리 없이 왔다가 자취 없이 떠나간다. 봄
이나 여름, 가을 한철을 그렇게 그 자리에 잠시 머물렀다가 떠나는 풀
꽃들. 그래도 그들은 하나도 억울해 하지 않고 슬퍼하지 않는다. 불평하
지도 않는다. 생각해 보면 우리네 인생도 풀꽃의 일생처럼 짧고 덧없다.
모든 게 눈 깜짝할 사이에 흘러간다. 어찌할 것인가!

가을 풀꽃

어리고 사랑스런 꽃이 되어 우리 앞으로 돌아올 것이다.

이런저런 일들로 해서 그동안 많은 날들을 술렁술렁 지내고 말았다. 어느새 가을. 올해도 이미 풀밭에는 많은 풀꽃들이 떠나고 없었다. 풀꽃들로서는 한 생애가 끝난 것이다. 허탈한 느낌. 마치 가을 풀꽃들은 학교 운동장 가득 와자지껄 뛰어놀다가 집으로 돌아가는 아이들 같다. 때가 되면 이렇게 풀꽃들도 어김없이 떠나간다는 생각은 우리를 숙연하게 만들어 준다. 이런 대목에 이르러 우리는 스스로 잘 살아야지, 아끼며 살아야지, 그런 결의를 다지게 한다.

더러는 지각한 꽃들도 보인다. 나팔꽃, 맨드라미, 유홍초, 새앙풀, 우산꽃, 민들레, 주름잎, 아무렇게나 외워 보는 풀꽃 이름은 학교 선생을 할 때 출석부에 적힌 아이들 이름을 부르는 것 같다.

그러나 가을에 떠나간 풀꽃들은 어김없이 다시 돌아오도록 되어 있다. 그런대로 겨울을 보내고 봄이 되면 더욱 밝고 환한 모습으로 새로운 꽃, 어리고 사랑스런 꽃이 되어 우리 앞으로 돌아올 것이다. 실은 이것도 하나의 희망이요 꿈이다.

비록 인간 세상은 믿음이 적고 사람들은 약속을 잘 지켜 주지 않지만, 풀꽃들 세상에는 믿음이 있고 꽃들은 약속을 지키지 않는 일이 없기 때문이다.

고마리

성냥골 여러 개를 어린아이가 한손에 쥐고 있는 듯하다.

올해도 벌써 깊숙한 가을날의 한복판. 오늘은 모처럼 짬을 내어 제
민천 풀밭으로 나아가 풀꽃들 사진을 찍었다. 겨울철 한가한 때 사
진으로 들여다보면서 풀꽃 그림을 그리기 위해서다.

멀리 지나치면서 볼 때 아무
런 꽃도 없는 것 같았는데 가
까이 가서 보니 아주 많은 풀
꽃들이 보였다. 가을의 개울가
풀꽃들은 역시 계절을 닮아 조
금은 쓸쓸한 표정이다. 바람이
일 때마다 가냘프게 몸을 흔드
는 품이 꼭 서러운 춤사위를
닮았다.

가을철 개울가에서 만나는
풀꽃들 가운데 가장 많이 눈에

띄는 것이 여뀌와 고마리이다. 그 가운데도 고마리가 더 예쁘다. 주로 연분홍과 하양으로 피는데 꽃의 모양이 꼭 성냥골 여러 개를 어린아이가 한손에 쥐고 있는 듯하다. 그래서 꽃 이름을 제대로 알지 못할 때 나는 그 꽃을 '성냥골꽃'이라고 불렀다.

역시 가만히 들여다보면 꽃이 여간 앙증맞은 게 아니다. 꼭 개구쟁이 아이만 같다. 고마리, 고마리. 정말로 고마리는 성냥골을 한손에 모아 쥐고 가을 하늘 아래 놀러 나온 아이일까?

산국

조그만 국화꽃 몽오리가 너무나도 또렷한 노란색이었다.

평소 알고 지내던 후배 시인 한 분이 돌아가 서울대병원 장례예식장에 누워 있다고 해 찾아가는 길이었다. 화단은 이미 무너졌지만 풀밭 귀퉁이에 드물게 풀꽃들이 보이고 비비추며 국화꽃도 더러 보였다. 그 가운데 나는 산국 한 그루를 찾아내어 사진을 찍으려고 카메라를 들이댔다. 산국은 국화꽃이라고 하기에는 민망스러울 정도로 꽃송이가 작고 초라하고 볼품없는 꽃이다.

흔히들 구절초, 쑥부쟁이까지도 들국화라 부르는데 정확하게 밝혀서 들국화라고 말할 때는 바로 이 꽃을 가리킨다. 카메라 렌즈를 사이에 두고 국화꽃이 몸을 뒤챈다. 바람이 스치는가 보다. "가만 있거라, 아가야." 달래는 순간 국화꽃이 나에게 이렇게 말하고 있었다. "아저씨! 아저씨도 살아 있는 것이 좋지요?" "그래, 좋다." "저도 좋아요."

그렇다. 살아 있다는 것은 하나의 행운이다. 횡재다. 특권이다. 그야말로 은혜다. 내일까지가 아니다. 다만 오늘 이 순간까지만이다.

돌아간 시인의 얼굴을 잠시 떠올려 본다. 지지난해만 해도 내가 죽는다 했고 저쪽은 건강하게 살아 있어 오히려 나를 걱정해 주지 않았던가. 그런데 형편이 거꾸로 되어 버린 것이다. 충분히 바뀔 수 있는 입장이 아니었던가.

　다만 오늘 내가 아니어서 다행스런 일이었다. 아직도 내가 살아서 숨 쉬는 사람이어서 오직 감사한 일이었다. 물러서면서 보니 당알당알 조그만 국화꽃 몽오리가 너무나도 또렷한 노란색이었다. 그것은 너무나도 진지한 표정이었다. "그래, 아가야, 가을 한철 너희들도 잘 살다가 편안한 마음으로 이 지구를 떠나가거라. 안녕히…."

강아지풀 •1
이 얼마나 새롭고 놀랍고 재미난 생명의 놀이인가!

풀꽃 그림을 그리다 보면 그럴 수 없이 마음이 편안해짐을 느끼게 된다. 무언가 깊이 빠져 들 수 있어서 좋다. 시간이 어떻게 지나갔는  지 모르게 빨리 지나가 곤 한다. 모든 알음알이 나 불만이나 욕망 같은 것들을 깡그리 잊을 수 있어서 좋다. 풀꽃 그림 을 그리다 보면 내가 풀 꽃이 되기도 하고 풀꽃 이 내가 되기도 함을 느 낀다. 풀꽃과 내가 둘이 아니고 하나임을 경험 하게 된다. 이것 또한 아주 신기하고 새로운 경험이라 하겠다.

　풀꽃 그림을 그리기 시작하면서 2년째쯤 되는 가을이었지 싶다. 오후 시간을 틈타 학교 교문을 나와 마을길을 걸었다. 벌써 가을이 깊게 와 있었다. 나는 발밑에서 풀 한 포기를 뽑아 올렸다. 그것은 강아지풀이었다. 아직은 어린 강아지풀이었다.

　가을에 나는 강아지풀은 나면서 그 이파리의 겨드랑이에 꽃송이를 달고 나온다. 그것은 강아지풀만 그런 게 아니라 가을철에 늦게 씨앗이 트는 모든 풀들이 다 그렇다. 그만큼 저들이 살아갈 날이 길지 않음을 그들 자신이 먼저 알아차리고 있음이다. 이것도 실은 식물이 가진 한 생명의 본능일 것이다.

　나는 강아지풀을 들고 학교 운동장 안으로 들어와 벤치에 앉아서 종이에 그 모습을 그리기 시작했다. 연필이 지나가면서 종이 위에 서서히 강아지풀의 모습이 나타나고 있었다. 강아지풀은 나의 눈을 통해 나의 마음을 지나 나의 손끝으로 빠져나가 다시 연필 끝을 타고 종이 위로 옮겨진다. 그렇게 되면 실지로의 강아지풀은 사라지게 되고 종이 위에 그려진 강아지풀만 남게 된다. 야호! 그쯤에서 쾌재가 나온다. 이 얼마나 새롭고 놀랍고 재미난 생명의 놀이인가!

강아지풀 •2

강아지풀들의 세상도 결코 우리네 사람들 세상과 별반 다를 바 없구나.

강아지풀 그림 그리기에 깊이 빠진 나는 그 다음날도 점심시간을 틈타, 마을 앞 논두렁길로 강아지풀을 만나러 갔다. 출퇴근 시간 오가면서 그 어름에 강아지풀들이 봄부터 진을 치고 자라고 있음을 눈여겨보았음으로서다. 거기에는 한 세대를 살고 죽어 가는 강아지풀들이 무리 지어 불어오는 바람에 몸을 흔들고 있었다.

나는 강아지풀 덤불 속으로 들어가 쭈그리고 앉았다. 돋보기안경을 꺼내 쓰고 이곳저곳 강아지풀들을 살폈다. 한동안 떠돌던 나의 눈이 한곳에 딱 정지되었다. 거기에는 완벽할 정도로 회화적 구도가 숨어 있는 강아지풀의 무리가 있었다.

삐쭉이 얼굴을 내민 녀석, 비스듬히 모로 누운 녀석, 더 비스듬히 모로 누운 녀석, 아예 수평으로 기울어져 가는 녀석. 그것은 인간 세계의 축소판처럼 보였다. 뛰는 10대, 달리는 20대, 걸어가는 30대, 40대, 앉아 있는 50대, 60대, 누워 있는 70대, 80대.

그것은 바로 우리네 한 인간의 일생 그것이었으며 엔트로피(entropy,

^{무질서도)}의 증가를 극명하게 보여 주는 바였다. 아, 강아지풀들의 세상도 결코 우리네 사람들 세상과 별반 다를 바 없구나, 이 또한 나로서는 하나의 즐거운 발견이요 상상의 기회였다.

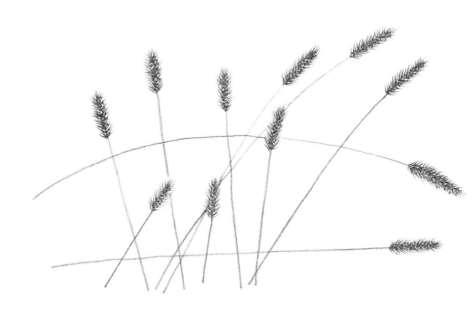

강아지풀 •3
나는 아직도 그날의 그 눈물을 잊지 못하고 있다.

　한껏 깊어진 가을, 아마도 10월 초순의 어느 날이었을 것이다. 다섯 시 퇴근 시간에 한발 앞서 학교에서 나와 강아지풀이 있는 논두렁길을 찾아갔다. 며칠 사이인 데도 강아지풀들이 많이 무너져 있었

다. 더욱 짧아진 가을 해. 저녁 바람에 연필을 잡은 손이 시렸다.

그날 나는 강아지풀 덤불 앞에서 오랫동안 서성여야만 했다. 강아지풀들이 바람에 쓸려 몸을 흔드는 통에 적당한 그림 대상을 찾기가 힘들어서 그랬다. 겨우 적당한 대상이 눈에 들어왔다. 나는 길바닥에 주저앉아 강아지풀을 그리기 시작했다. 평소 습관대로 왼쪽부터 그림을 그려 나갔을 것이다.

그런데 이게 어찌된 일인가? 얼마 그림을 그리지 못해서 그만 눈앞에 있는 강아지풀들이 보이지 않는 것이었다. 그것은 복사지 한 장에 간단히 연필 선으로 그리는 그림이었는데, 그림 그리기에 앞서 적당한 대상을 찾느라 시간을 너무 많이 써 먹은 데다가 그동안 가을 해가 짧아진 탓이었다. 종이의 오른쪽에는 겨우 줄기만 세워 두고 아직 손도 대지 못한 강아지풀들이 남아 있었다. 이걸 어쩐다…? 망설이고 마음을 조아려 보았지만 이미 기운 해를 두고서는 다른 방법이 없었다.

그때 나의 마음 저 밑바닥으로부터 한 소리가 들려오고 있었다. "아저씨, 우리도 마저 그려 주세요. 들판에 그냥 두지 말고 그림으로 그려서 데려가 주세요." 그것은 환청幻聽이었을까? 나는 문득 서러운 느낌이 들었다. 그것은 또한 가슴 밑바닥으로부터 솟아오르는 격정 같은 감정이었다.

이를 어찌하면 좋단 말이냐? 어찌하면 좋단 말이냐? 저절로 탄식의 말이 나왔다. 이것들아, 이것들아. 중얼거림과 함께 어이없게도 울컥, 울음 같은 것이 치밀어 올랐다. 이 어인 어이 없음이란 말이냐. 이제 강아지풀들은 그냥 자연물로서의 강아지풀이 아니라 내가 가르치는 학교의 아이들이거나 나를 아버지라 부르면서 집에서 기다리는 피붙이 자식이나 마찬가지였다.

만약에 내가 지금 생명이 다해 세상을 떠나야만 하는 사람이라고 하자. 그때 아직 해야 할 일들이 많이 남아 있고, 어린 자식들이 울며 매달린다면 나는 어찌해야만 좋단 말인가? 흐린 눈으로 대충 그림을 완성하고 나는 그 자리에서 일어날 수밖에 없었다. 그리고는 허청허청 느린 걸음으로 버스 정류장이 있는 서쪽 방향을 향해 걸음을 옮겼다.

그렇게 어둠 속을 걷고 있는데 그동안 참고 있던 울음이 기어이 터져 나왔다. 엉엉 소리 내어 울기 시작했다. 두 눈에서는 눈물이 주르르 볼을 타고 흘러내리고 있었다. 과연 그날 강아지풀을 두고 흘린 나의 눈물은 무슨 의미를 지닌 눈물이었을까? 나는 아직도 그날의 그 눈물을 잊지 못하고 있다.

시과

씨앗을 가운데 두고 양쪽으로 날개가 달려 있다. 마치 바람개비 같다.

시과翅果는 꽃이 아니고 씨앗이다. 씨앗은 씨앗인데 날개가 달린 씨앗이다. 씀바귀나 민들레처럼 깃털 씨앗이 아니라 날개 달린 씨앗이다. 그래서 한자로 이름이 날개 翅시자와 과일 果과자로 구성되어 있다. 대개 느릅나무나 물푸레나무, 단풍나무와 같은 나무에 이런 열매가 달린다. 가을이 되면 이파리보다 한발 앞서 붉은빛으로 단풍이 들어 매달려 있는 품이 꼭 조그만 꽃처럼 보이기도 한다. 씨앗을 가운데 두고 양쪽으로 날개가 달려 있다. 마치 바람개비 같다.

지지난해였을 것이다. 병원에서 나와 허약한 몸을 이끌고 카메라를 들고 공주의 이곳저곳 경치 좋은 곳을 찾아 사진을 찍고 다닐 때였다. 마침 계룡산과 갑사의 풍경을 찍고 싶어서 갑사 아랫마을 중장리 아스팔트 길을 걷고 있었다. 어느덧 가을날 짧은 해가 기울어 휘익 하니 바람이 불었다. 그러자 가로수로 서 있던 단풍나무가 몸을 뒤채었다. 이미 단풍이 스쳐 지나가 갈색빛으로 시든 이파리를 가득 매달고 있는 단풍나무였다. 바람이 불어오자 시든 이파리가 떨

어져 허공중에 날렸다.

그런데 나뭇잎과 함께 바람에 날리는 조그만 물체가 보였다. 그것
은 마치 바람개비처럼 팔랑팔랑 바람에 날려 아주 멀리까지 날아가
고 있었다. 아, 저것이 바로 말로만 듣던 그 시과란 거구나. 나는 날
아가는 조그만 바람개비 하나를 붙잡아 자세히 들여다보았다. 정말
로 가운데 부분에 동그스름하고 뭉뚱한 조그만 씨앗이 있고 양쪽으
로 비행기 날개가 달려 있었다. 참으로 자연의 섭리란 것이 묘하고
도 아름답다. 바람은 계속해서 불고 단풍나무에서 떨어져 나온 조

그만 '씨앗 비행기' 들은 바람에 날려 멀리멀리까지 날아가고 있었
다. 그날은 내 마음도 단풍나무 씨앗을 따라 멀리까지 떠나가던 날
이었다.

쑥부쟁이

철망 울타리에 꽂혀 있는 쑥부쟁이꽃 두어 송이가 재미있었을까?

토요일, 쉬는 날. 모처럼 자전거를 타고 금강대교를 건너 금강 둔치 쪽에 가서 공산성 전경 사진을 몇 장 찍고 돌아오는 길이었다. 공산성 금서루 앞을 지나오면서 보니 산성으로 비스듬히 올라가는 언덕 위에 쑥부쟁이꽃이 피어 있었다. 오래전부터 그 자리에 쑥부쟁이꽃이 피어 있음을 눈여겨보아 왔던 터였다. 그런데 이미 오래전에 핀 것들은 시들고 새롭게 움이 난 가지 끝에서 꽃이 피어 있었다. 된서리가 한 차례 훑고 지나간 뒤라서 다른 풀들은 모두 시들어 있는데, 쑥부쟁이만 싱싱하게 꽃을 피우고 있는 것이 눈에 시리게 다가왔다.

나는 그 가운데 몇 무더기를 사진기에 담았다. 그리고서는 늘어진 가지 끝에서 잔가지 하나를 꺾어 내어 산성 길의 철망 울타리에 꽂아 놓고 사진을 찍고 있었다. 그때 지나가던 누군가가 말을 해 왔다. "재미있네요." 돌아보니 늙수그레한 한 아주머니였다. "재미있어요?" 내 말에 다시 여인네가 대답해 왔다. "네, 사진 찍는 거 재미있어요." 아무래도 그 여인네는 내가 또래로 보였던 모양이다.

　재미있었다면 그 여인네는 무엇이 재미있었을까? 엉거주춤 엉덩이를 내리고 사진 찍는 내 폼이 재미있었을까, 아니면 철망 울타리에 꽂혀 있는 쑥부쟁이꽃 두어 송이가 재미있었을까? 사진을 찍고 다시 자전거를 타고 오면서 보니 산성에 우거진 상수리나무 수풀이 모두 짙은 갈색으로 물들어 있었다. 저만큼 붉은색 모직 모자를 쓴 여인네가 앞서서 걸어가고 있는 모습이 보였다. 나는 아무 말도 없이 그 여인네의 곁을 스쳐 앞지르면서 자전거 페달을 힘껏 밟았다.

　저만큼 올해 치의 가을이 사라져 가고 있었다.

구절초

꽃대의 마디가 아홉 마디쯤 자랐을 때 그 위에 꽃이 핀다 해서 구절초

처음 나는 구절초란 이름을 정확하게 알지 못했다. 다만 구절초를 들국화라고만 알고 있었다. 그래 젊은 시절엔 '들국화'란 이름의 시도 여러 편 썼는데, 그 시에 나오는 들국화는 들국화가 아니고 구절초를 대상으로 쓴 시들이다. 그러니까 꽃 이름을 잘 몰랐거나 혼동이 있었던 것이다.

나중에 알고 보니 구절초가 따로 있고 산국이 따로 있고 쑥부쟁이란 꽃이 또 따로 있었다. 이 세 가지 꽃들은 모두가 가을철 야산에 피어나는 꽃들이다. 어떤 사람이든 이 세 가지의 꽃들이 피어나는 가을철에 산에 올라 세 가지 꽃들을 하나하나 찾아 그 실물에 따라 꽃 이름을 정확히 댈 수 있다면 그 사람은 제법 꽃을 잘 아는 사람일 것이다.

구절초는 아홉이란 숫자와 관계가 깊다. 꽃대의 마디가 아홉 마디쯤 자랐을 때 그 위에 꽃이 핀다 해서 구절초이기도 하다. 또 음력으로 9월 9일, 중양절重陽節, 양수인 9가 두 번 겹치는 절기에 피는 꽃이기도 하다. 하기는 국화과의 꽃들은 모두가 중양절 무렵에 피어 나도록 되어 있다.

구절초는 향기가 독특한 꽃이다. 한두 송이만 방 안에 두어도 그 향기가 방에 넘치고도 남는다. 향긋하다 그럴까, 쌉쏘름하다 그럴까. 그 두 가지 내음이 적당히 섞인 내음이 사람의 마음을 홀리게 한다. 구절초는 약용으로도 널리 쓰이는 식물이다. 가을철 꽃이 필 무렵, 꽃과 풀줄기를 함께 잘라 여러 가지 약으로 만들어 먹기도 하는

데, 특히 손발이 찬 여성들에게 좋은 효과가 있다는 말이 있다.

구절초가 피는 음력 9월 9일쯤이면 제법 가을도 깊어 풀잎에 내린 이슬이 점점 차갑게 느껴지게 된다. 맑은 밤하늘 밝은 달은 떠오르고 이웃 마을의 개 짖는 소리 정답게 들리기도 할 것이다. 그보다 더 오랜 옛날에는 머언 산골짜기 여우 우는 소리도 들려왔을 터. 젊은 시절 가을의 길목에서 이 구절초 새하얀 꽃을 보며 나는 얼마나 마음 아련했던가! 꽃송이 속에 그리운 이의 고운 얼굴을 그려 보면서 눈물 글썽한 눈으로 먼 하늘을 우러러보기도 했을 것이다.

꽃향유
함께 바라보았던 사람을 닮아 이름도 어여쁜 꽃, 꽃향유

꽃향유. 참 고운 이름이다. 최근에야 알게 된 꽃이다. 한동안 마음 속에 그리움과 한 몸이 되어 함께 살던 이가 있었다. 바다 건너 먼 나라에 사는 여인네. 나이가 들어서도 눈썹이 포로소롬하니 고왔다. 그 여인네가 나를 만나러 바다 건너 비행기 타고 왔을 때, 계룡산 기슭의 산길을 함께 걸은 적이 있었다.

늦은 가을날이었다. 산사 깊은 골짜기의 감나무에도 감들은 주황빛 보석으로 물들고 나무마다 울긋불긋한 물감들이 찾아와 그림을 그리고 있었다. 별로 주고받는 말도 없이 산길을 걷다가 눈썹이 고운 그 여인네가 물었다.

"풀섶에 보이는 저 보랏빛 풀꽃은 무슨 꽃인가요?" 나는 언뜻 여인네가 말하는 풀꽃을 알아보지 못했다. 한참을 더듬적거리던 눈길이 한 조그만 풀에 가 멎었다. 그것은 아주 졸렬한 모습의 잡초였다. 꽃도 매우 졸렬했다. 줄기 끝에 아주 작은 꽃들이 다닥다닥 붙어서 방망이 모양을 하고 있었다. 진한 보랏빛이었다.

"아, 저거요? 꿀풀이 아닐까요?" 나는 그날 멀리서 온 손님에게 그 꽃 이름을 제대로 알려 주지 못했다. 어정쩡한 말씨로 얼버무리는 나의 말에 귀를 기울이며 여인네는 다만 조용히 미소 짓고 있었다. 어쩌면 그 미소가 눈앞의 조그만 풀꽃의 빛깔을 닮아 보랏빛이 아닐까 싶은 생각이 들었다.

그 여인이 떠나간 뒤로 풀섶 길을 가노라면 그 꽃이 자주 눈에 띄었다. 알고 보니 그 풀꽃의 이름이 '꽃향유'. 시골에 살면서 이전부터 자주 보아 왔던 풀꽃인데, 마음에 뜻(관심)이 없어 그냥 모르는 꽃으로 나와 무관한 꽃으로 치부되었던 거였다. 함께 바라보았던 사람을 닮아 이름도 어여쁜 꽃, 꽃향유. 꽃이 졸렬하면 졸렬할수록 향기가 좋고 꿀이 많은 법. 꽃향유에는 가을철 배고픈 벌들이 아주 많이 모여 날마다 잔칫집을 이루기도 한다.

맨드라미
봄으로 가는 반짝이는 조그만 눈동자들이여!

닭의 볏을 닮았다. 그것도 괄괄한 수탉의 볏을 닮았다. 그래서 한자 이름도 계관화鷄冠花였던가 보다. 글자 그대로 닭의 관 모양을 한 꽃이란 뜻이다. 주로 장독대 같은 곳이나 한길 모서리, 한적한 땅을 찾아다니며 자라는 꽃이다. 세상을 비껴서 사선으로 이쪽을 바라보는 사람의 눈초리가 들어 있다.

그 탐욕스러운 생김새하고는 많이 다른 처신이 놀랍다. 적어도 그는 자기가 서야 할 자리와 그렇지 않은 자리를 안다. 그렇게 봄부터 여름을 견딘 다음 늦은 여름부터 초가을까지 꽃을 피운다. 열대지방의 지글지글 타오르는 태양빛을 보여 주는 꽃이다. 끝내는 여름의 강물을 건너 가을의 문턱까지 골인한다.

꼬끼요! 어디선가 게으르고 오만한 수탉의 길고 긴 울음소리가 들리는 듯싶다. 씨앗은 또 왜 그렇게도 많은지 몸뚱이 전체가 씨앗 주머니이다. 와르르 쏟아지는 새까만 씨앗, 씨앗들. 봄으로 가는 반짝이는 조그만 눈동자들이여!

코스모스

청초함의 대명사요 소녀의 이미지가 들어 있는 꽃이다.

그야말로 가을을 대표하는 꽃이다. 청초함의 대명사요 소녀의 이미지가 들어 있는 꽃이다. 머언 타향의 풍경이 문득 겹쳐 보이는 꽃이기도 하다. 집을 떠나 혼자 외로이 낯선 거리라도 떠돌 때, 고향의 이웃집 갈래머리 기집애의 얼굴을 하고 맞아 주는 꽃이 바로 이 꽃이다.

코스모스, 우주라는 말이다. 왜 하필 이런 일년생 풀꽃의 이름에 코스모스란 엄청난 이름을 가져다 붙였을까? 모를 일이다. 코스모스는 멕시코가 원산이다. 멕시코는 더운 나라, 그런데도 코스모스 꽃에는 북반구 온대의 선선한 가을날이 들어 있다. 그 또한 모를 일이다.

어려서부터 보아 온 꽃이다. 궁벽진 시골에서도 자주 만날 수 있었다. 가을이면 어김없이 찾아오는 단골손님이었다. 한동안은 도로 가에 집중적으로 심어 가을이면 꽃 덤불을 이루었었다. 달밤 같은 때 자동차를 타고 지나다 보면 그 꽃 덤불이 이승의 풍경 아닌 것처럼 으슥하게 장관을 이루던 때가 있었다.

　빨강, 분홍, 하양. 세 가지 색깔의 세 자매 소녀들이라 그럴까. 요즘엔 노란색 코스모스까지 나와 있다. 참 세상이 많이 변했다. 코스모스를 바라보면서 가을을 노래하고 먼 하늘을 그려 보는 그런 눈이 맑은 여자 아이들도 이제는 없을 것 같다.

과꽃

그리움이 자라면 애달픔이 되고 슬픔이 된다.

시골 사람들은 무엇이든 좋은 것을 보거나 새로운 것, 낯선 것을 만나면 그 위에 '서울' 이란 말을 붙이길 좋아하던 시절이 있었다. 나의 어린 날이 그랬었다. 가을에 피는 꽃이긴 한데 처음 보는 꽃, 낯선 꽃이었다. 꽃이 피어나는 시기가 국화꽃이 피어나는 시기와 비슷했고, 꽃의 모양이며 이파리의 생김새도 국화꽃과 닮아 있었다. 그래서 우리 고향 사람들은 일찍부터 이 꽃을 '서울국화꽃' 이라 불렀다.

국화꽃이 다년생 숙근인데 비하여 이 꽃은 일년생이다. 꼭 검불같이 푸스스한 씨앗에서 새싹이 나와 자라 가을에 꽃을 피우는 걸 보면 참 용타는 생각이다. 주로 붉은색, 자주색으로 진한 꽃이 핀다. 이 꽃 역시 노래로 해서 더욱 알려진 꽃이다. '올해도 과꽃이 피었습니다. / 꽃밭 가득 예쁘게 피었습니다. / 누나는 과꽃을 좋아했지요. / 꽃이 피면 꽃밭에서 아주 살았죠.'

그렇다. 이 꽃 속에는 누나의 숨소리가 들어 있다. 시집가 지금은 우리 집에 없는 누나다. 이것도 하나의 상실이다. 내게 있었던 것이 없어지게 되면(떠나가게 되고 사라지게 되면) 거기에서 그리움이 생기게 마련이다. 그리움이 자라면 애달픔이 되고 슬픔이 된다. 한 편의 노래, 노래 가사로 해서 과꽃이란 꽃은 이렇게 우리에게 그리움의 꽃, 애달픔의 꽃이 되었다.

줄장미

꽃등이라도 하늘 가운데 걸어 놓은 꽃등이다.

봄이 기울고 여름이 오면 세상은 신록의 천지로 바뀐다. 햇볕은 점점 따가워지고 봄에 핀 꽃들도 자취를 감춘다. 아무래도 여름은 꽃보다는 신록의 계절. 여름철에 피는 꽃들은 그다지 많지 않다. 봄에 피는 꽃들이 주로 풀꽃들이라면 여름철에 피는 꽃들은 주로 나무에 피는 꽃들이다.

줄장미는 능소화와 더불어 꽃 소식이 뜸한 여름철에 주로 찾아오는 꽃이다. 보통의 장미와는 다르게 곧은 가지로 되어 있지 않고 넝쿨 줄기로 되어 있다. 그러므로 담장이나 울타리를 기어 올라가면서 자라고 꽃도 기어 올라간 넝쿨 줄기에서 피어난다. 그래서 줄장미는 넝쿨장미라고도 부른다.

줄장미는 주로 진빨강 빛깔이다. 꽃이 드문 초여름 날, 쓸쓸한 담장이나 울타리를 타고 올라가 줄장미가 피어나는 날이면 눈이 다 부실 지경이다. 마디마디 꽃등을 밝혀 놓은 듯하다. 꽃등이라도 하늘 가운데 걸어 놓은 꽃등이다. 그런 날이면 하늘바다에 흰구름 배 두

둥실 떠서 향기로운 바람에 멀리멀리 떠나가기도 했을 것이다. 검고
도 기름진 기다란 머리칼 바람
에 날리는 처녀 아이 배시시 웃
음을 문 얼굴로 바라보아 주는
꿈을 꾸기도 했을 것이다.

여뀌
잘만 들여다보면 충분히 아름답고 멋스럽다는 것을 가르쳐 주는 풀이다.

우리나라의 산야에서 가장 흔한 풀 가운데 하나가 여뀌이다. 그야
말로 귀찮고도 귀찮은 잡초이다. 흙만 있는 곳이면 어느 곳이든 마

다 않고 뿌리내려 자라는 풀이 이 여뀌이다. 종류도 여러 가지다. 아마도 예전에 농사를 짓던 농부들이 가장 힘들어했던 풀이 바로 이 여뀌일 것이다.

어렸을 때 나의 아버지도 이 여뀌풀 때문에 애를 먹는 것을 자주 보았다. "이놈의 여꿋대가 사람을 잡어. 아무리 뽑아도 뽑아도 생기는 것이 이 여꿋대란 말이여." 그렇다. 아버지는 여뀌를 '여꿋대'라고 하셨다. 그래서 나는 내내 그 풀이 여꿋대인 줄로만 알고 지냈다. 그런데 나중에 자라서 추석날 산소에 성묘하러 가는 길에 알아보았더니 아버지가 '여꿋대'라 부르던 풀은 다름 아닌 여뀌였던 것이다. 아, 그렇구나. 내가 여뀌로 알고 있던 풀이 아버지에게는 여꿋대였구나!

이렇게 농사꾼 아버지를 힘들게 했던 여뀌도 가을이면 꽃을 피우고 열매를 매단다. 가느다란 줄기 끝에 마치 수수목(수수 이삭) 같은 꽃을 피우고 그 자리마다 조롱조롱 씨앗을 매단다. 어느 것이 꽃이고 또 어느 것이 씨앗인지 분간이 안 갈 정도로 조그만 꽃이고 조그만 열매다. 그래도 가만히 들여다보고 있노라면 그 줄기와 이파리와 조그만 꽃의 어울림이 그렇게 사랑스러울 수가 없이 아름답다. 여뀌는 우리에게 아무리 천하고 흔한 것이라도 잘만 들여다보면 충분히 아름답고 멋스럽다는 것을 가르쳐 주는 풀이다.

연

연의 꽃인 연꽃은 우선 불교의 꽃이란 선입견이 있다. 불교의 교리를 밝히거나 부처님의 일생을 설명할 때 자주 인용된다. 그래서 아예 연꽃 그러면 불교, 이렇게 등식화하려는 경향이 있다. 그러나 이것 역시 꽃의 입장에서는 억울하고 답답한 내력이 아닐 수 없겠다. 어디까지나 사람들의 필요에 따라 지어 낸 허구요 사고의 틀에 지나지 않는 일이기 때문이다.

여름의 문턱에 피어난다. 본래 물속에 뿌리내려 자라는 식물이라 물속에서 줄기가 올라 잎이 피어나는 것부터가 신비감을 주기에 충분하다. 부울쑥, 하늘 향해 잘생긴 가느다란 주먹이 수면으로부터 솟아오른다. 그 끝에서 둥그런 우산 같기도 하고 방석 같기도 한 하나의 이파리가 펼쳐진다. 또 이 이파리는 얼마나 잘생긴 이파리인가?

은색과 파랑이 약간씩 들어간 초록은 그 어떤 식물에서도 만나지 못한 아름다움을 간직하고 있다. 거기에 빗방울이든 이슬방울이든 엎혀져 보라. 또르르 뒹구는 품이 수정이나 보석을 뒹굴리는 것과 한가지다. 연꽃은 이렇게 꽃이 피기 전부터 이파리만으로도 인간을 압도하는 꽃이다. 더구나 거기에 청개구리 같은 양서류 한 마리 뛰어와 앉거나 바람이 불어 흔들렸다고 생각해 보라. 더 이상 인간의 언어가 필요 없는(언어도단인) 절경이 펼쳐지리라.

　그런 뒤에 꽃이다. 역시 이파리가 나올 때처럼 부울쑥, 대궁이 솟아나고 그 끝에서 한 송이, 딱 한 송이 귀공자다운 꽃송이가 열린다. 그 꽃송이가 점점 자라 여러 겹의 꽃잎으로 개화한다. 철저한 향일성向日性이다. 해가 나오면 피어나고 해가 저물면 또 이운다. 연분홍 아니면 하양. 여기서 홍련이란 이름과 백련이란 이름이 갈린다. 연꽃은 꽃이 피어 있던 기간에도 아름답고 의미 있는 모습을 펼치지만 꽃이 진 다음에도 여간이나 탁월한 풍경을 펼치는 것

이 아니다.

연실이 그것이다. 연꽃이 진 자리마다 열리는, 원뿔을 거꾸로 매단 것 같은 연의 열매 말이다. 그것이 익어 가면서, 또 이파리가 시들어 가면서 더 나아가 누렇게 시든 이파리와 연실의 대궁이가 찬바람에 꺾여 가면서 저물어 가는 풍경은 우리로 하여금 생명 가진 자들의 흥망성쇠興亡盛衰를 극명하게 보여 주는 표본이 된다. 아, 이래서 연꽃이 처음부터 불교의 꽃으로 간택揀擇되었던 것이던가!

† 연 가운데는 홍련과 백련만 있는 것이 아니라, 더러는 노랑 빛깔의 '황련'도 있다. 얼마 전 부여 궁남지 연꽃 축제 때 가 보았더니 부여 사람들은 황련을 '황금련'이라고 부르고 있었다.

풀꽃 갤러리

그대 만약 스스로

조그만 사람 가난한 사람이라 생각한다면

풀밭에 나아가 풀꽃을 만나 보시라

그대 부디 지금, 인생한테

휴가를 얻어 들판에서 풀꽃과

즐겁게 놀고 있는 중이라 생각해 보시라